佐佐木隆

万葉集の歌とことば

姿を知りうる最古の日本語を読む

青土社

まえがき

どのような言語も、それが日常的に使われているものである限り、絶えず変化していきます。語法や文法は言うまでもなく、個々の単語のかたちや言いまわしの意味も、母音や子音などの発音のしかたも、少しずつではありますが変わっていきます。変化の大きい言語とそれの小さい言語との違いはあるにしても、何十年も何百年もまったく変化がない言語は世界に存在しないと言えます。我々の日本語にもそれなりの変化、あるいはかなりの変化があったことは、学生時代に古典の授業で教わった和歌や文章を思い出せば、ただちに理解できるはずです。

高等学校の古典の教科書では、上代から近世までの各時代をカバーするという方針に基づいて個々の教材が選ばれているようです。しかし、文献的に最も古い上代の古典については、『万葉集』の歌が何首か採用されているだけであることが少なくありません。そうした措置は、大学受験用に編集された参考書の類でもほぼ同様です。

古典を成り立たせているのは、言うまでもなく過去のことばです。ですから、学校で教員が古典を教える際には、個々の語の意味について説明し、また語法や文法について解説することが必要です。しかし、上代のことばは、教科書に『万葉集』の歌が何首か採用されているだけだという事情もあり、国語の教員がその時代の特徴的な面について具体的に解説する必要は、まずありません。実際に採用されている上代の歌は、中古つまり平安時代の表現と大きく異なる表現を含まないものが多いと私には思われます。

上代の言語から次の中古の言語への変化は、当然さまざまな側面に現れています。したがって、上代の言語には中古の言語にはない特徴がいくつか認められるわけですが、それらの特徴はどれも研究者にとってきわめて興味深いものです。また、現存する何種かの文献・資料が教えてくれる、上代に見られる韻文と散文との表現上の違いも、研究者の関心を引いて止まないものです。しかし、上代の古典に接する機会が少なければ、中古の言語との違いを知る機会が少なく、まして現代語との違いを知る機会も少ないことになります。それは、上代を中心とする日本語をおもな研究対象としている私にとって、とても残念なことです。

本書の副題に「姿を知りうる最古の日本語」という表現を含めたように、上代語というのは、その「姿」つまり概要や輪郭といったものを文献で知ることができる、最も古い時代の日本語です。ですから、上代語の姿を知ることは、日本語の長い歴史を研究する際の出発点になるものです。本書は、そうした上代語のことをあれこれ調べたり考えたりしている私の立場から、上代語のもつ特徴はどのようなものだったのか、上代語は実際にどのように運用されたのかということを、当時の資料を見ながらわかりやすくお話ししたい、と考えて計画したものです。さらにまた、上代語はどのようなかたちで次の中古語へと受け継がれたのか、ということについてもお話ししたい、と考えています。本書の内容は、私が大学院の授業で毎年のように取り上げている話題が中心となります。

上代語の姿を知ろうとする場合に、そのおもな資料になるものは『万葉集』に収められた多数の歌であり、また多数の歌を構成している個々の表現やことばです。本書の書名を『万葉集の歌とことば』としたのは、まさにそのような理由に基づくものです。中古以降の歌に比べて表現が素朴だ、と一般に評される『万葉集』の歌ですが、それでもなお、上代語にしか見られない、表現の多様さや深さに驚かされることが多くあります。

ある言語がもつ特徴や内容について概説する場合に、まずそれを「音韻《おんいん》／文字」「文法」「語彙《ごい》」の三つの側面に分けたうえでそれぞれの内容を細かく記述していく、ということがよく行われます。一つの言語の長い歴史について述べる場合も、特定の時代の言語について述べる場合も、そうした教科書ふうの記述方式をとるのが一般的です。しかし、本書では、上代語を三つの側面に分けて記述するという、教科書ふうの方式をとることは避けたいと思います。その代わりに、当時の人々が用いた表現や言いまわしを、歌を通して具体的に見てみることから始めて、少しずつ専門的な話題に踏み込んでいく、という方式を採用することにします。そのほうが、二十一世紀に生きている我々にとって、一三〇〇年も前の言語に近づきやすい、と考えるからです。

取り上げる話題が、古い時代の言語に関することですので、本書では、「主語」「述語」「修飾語」その他の語を用いる学校文法の範囲で、具体的に説明を進めていきます。学校文法の範囲を越える語や概念を持ち出さざるをえない時は、あらかじめそれらに対する解説を行う、ということにします。

本書には、少し専門的な部分を含む二つの章を、あえて加えることにしました。一つの章は、古典を学ぶ生徒・学生を悩まし続けている、いわゆる「係り結び」の現象について、その起源・成立はどのようなものかを説明する、という内容の章です。もう一つの章は、本書のなかで説明したことがらを適用することによって、『万葉集』の歌に含まれるいくつかの問題を解決へ導こう、という内容の章です。学校で教えていることだから、あるいは研究者が言っていることだから、そのまま素直に受け容れればいい、というのではなく、さまざまな言説や種々の現象に疑いの目を向ける必要があるということが、この二つの章を読んで理解できるのではないかと思います。

万葉集の歌とことば　姿を知りうる最古の日本語を読む　目次

万葉集の歌とことば

姿を知りうる最古の日本語を読む

序　章　『万葉集』がおもな資料となる

「上代」「古代」「奈良時代」

本書の「まえがき」で、「上代」「上代語」などの語を何度か使いました。「上代」というのは、高等学校で使われている日本文学史の教科書・副読本にも、文献的に最も古い時代をさす語として採用されています。

「上代」のほかに、これに近い時代をさす「古代」「奈良時代」という語もあります。これらの三語は具体的にどのような時代をさすのかということを、簡単に整理し確認しておく必要があります。

まず、よく似た「上代」と「古代」ですが、どちらも一般的には「とても古い時代」「大昔」というような、漠然としたイメージで受け取られていると思います。しかし、日本史にかかわる専門分野では、「上代」と「古代」とが明確に使い分けられています。その使い分けを具体的に説明すると、ほぼ次のようになります。

上代………平城京（奈良）に都があった、八世紀を中心とする時代

古代……大和朝廷の頃から奈良・平安時代までのやや長い時代

これによれば、三語のうち残った「奈良時代」とは平城京時代のことであり、八世紀を中心とする時代をさすことになります。つまり、「奈良時代」は「上代」とほぼ重なる時代をさします。ですから、言語としての「上代語」は、「古代語」ほどに広い範囲にわたるものではなく、八世紀の頃に使われていた日本語のことになります。本書で取り上げるのは、くどいようですが、この時代の日本語の概要・輪郭と、それが運用された具体的な状況です。

高等学校で使われている日本文学史の教科書には、歴史書の『古事記』『日本書紀』と歌集の『万葉集』とが、上代に成立した文献としてあげてあります。三種の文献に反映している日本語が、本書の直接の対象になるわけです。それらのうち特に重要な資料になるのが『万葉集』の歌に用いられていることばだ、ということは「まえがき」で述べました。

ただし、『万葉集』の記載をそのまま信じれば、同書の歌が詠まれたのは三〇〇年以上の長い期間にわたっていることになります。その点では、『万葉集』の歌は八世紀頃の日本語を反映するものだと述べることには問題があります。しかし、歌数の面で中心となる歌が八世紀に詠まれたものであることは確かです。

『古事記』『日本書紀』『万葉集』などのほかにも、上代語を反映する文献はいくつか残っています。それらについては、説明上の必要に応じて言及することにします。

『古事記』『日本書紀』『万葉集』

上代に成立した『古事記』『日本書紀』『万葉集』などの文献がどのようなかたちで表記されているかを、簡単に見ておきましょう。平仮名や片仮名が創案される以前の八世紀頃のものですから、どれも全体が漢字で表記されているのはもちろんですが、表記のありかたにそれぞれ特徴があります。

『古事記』『日本書紀』では、神話や伝説などの地の文は、さまざまなタイプの漢文で書かれています。しかし、地の文のなかに挿入された計二四〇首の歌謡つまり和歌は、日本語の一音節に一字の漢字をあてる形式で記されています。たとえば、かつて和歌の濫觴《らんしょう》、つまり和歌のはじめとして伝えられていた、

1　八雲《やくも》立つ　出雲八重垣《いづもやへがき》　妻籠《つまご》みに　八重垣作る　その八重垣を　〔記一〕

（〈八雲立つ〉出雲の八重垣。妻を籠もらせるために八重垣を作る、その八重垣よ）

という『古事記』の歌謡は、一字一音で「夜《や》久《く》毛《も》多《た》都《つ》伊《い》豆《づ》毛《も》夜《や》幣《へ》賀《が》岐《き》……」と書かれています。[*1]

また、右の歌謡の直前には、漢文による次のような説明が添えてあります。

2　兹大神、初作須賀宮之時、自其地雲立騰。爾作御歌。其歌曰……
（兹《こ》の大神、初めて須賀《すが》の宮を作りたまひし時、其地《そこ》より雲立ち騰《のぼ》りき。ここに御歌を作《よ》みたまひき。その御歌は……）

「この大神が初めて須賀《すが》の宮殿をお作りになった時、その地から雲が立ち上《のぼ》った。そこで、大神はお歌をお詠みになった。そのお歌は……」という意味のものです。[*2]

このように、『古事記』の地の文は、歌謡の部分とは異なって基本的には漢文になっています。ただし、漢文が「和習《わしゅう》」つまり日本ふうに変化した箇所が、そのなかに多く含まれています。もう一方の『日本書紀』の地の文は、全体的に純粋で正格の漢文をめざしたものであり、和習はあまり含まれていません。同書では、右にあげた1と同じ歌謡が、次の漢文のあとに「夜句茂《やくも》多兔伊弩毛夜覇餓岐《たついづもやへがき》……」として引用されています。

3　於彼処建宮。或云、時武素戔鳴尊、歌之曰……

＊1　第一句の「八雲立つ」は、地名の「出雲」を導入するための「枕詞《まくらことば》」です。歌に添えた右の現代語訳では、枕詞を〈　〉に入れておきました。その措置は以下でも同様です。

＊2　歌謡の作者だと説明されている「大神」とは、大蛇《おろち》退治の神話で有名な「須佐之男命《すさのをのみこと》」という名の神をさします。

（彼処《そこ》に宮を建《た》つ。或《あるい》に云《い》はく、時に武素戔嗚尊《たけすさのをのみこと》、歌之曰《うたよみしてのたまはく》……）

この漢文は、「そこに宮殿を建てた。別の伝えによれば、この時に武素戔嗚尊がお詠みになったお歌は……」という意味のものです。「或云」以下は、その前の記述に添えられた別伝として、小さい字で書かれています。*3

音・訓と日本語の表記

改めて言うまでもなく、『古事記』『日本書紀』の歌謡の部分は日本語そのものです。それは、さきに引用したように、漢字の訓読みではなく音読みを利用した、一字一音の「万葉仮名《まんようがな》」で書かれています。「万葉仮名」という呼び名は、日本語を書き表すための漢字の用法が、『万葉集』の歌の書きかたに代表されるものであることに由来します。

1の歌謡と同じものは、収載された歌が四五〇〇首を超える『万葉集』にも見えません。しかし、歌謡の第一句・第二句に似た「八雲さす出雲の子らが……」という表現ならば、『万葉集』にあります。その表現は、一字一音の万葉仮名ではなく、訓読みの漢字を用いて「八雲刺出雲子《やくもさすいづものこ》等《らが》……」〔三・四三〇〕と書いてあります。*4

このように、日本語を書き表そうとする場合には、音読みする漢字を用いることも訓読みする漢字を用いることも、ともに当時は可能でした。また、同じく訓読みを用いた表記でも、正格の漢文の書きかたがどの程度まで実現されているか、逆に言うと、和習をどれぐらい含むかが、文献・資料によって異なります。

上代の文献・資料のなかで、漢文によって書かれた部分はともかく、1の歌謡のように万葉仮名で記された部分は日本語そのものですから、仮名で書かれた、読みの確かな例を多く集めれば、さまざまな言語的な事実が明らかになります。これまでの上代語の研究は、一字一音の形式で書かれた例を一次的な資料とし、訓読みする漢字で書かれたものを二次的な資料とする、というかたちで進められてきました。そうした事情もあって、得られた研究成果が、歌つまり韻文に反映する言語に大きく偏《かたよ》るものであり、散文の言語に関する成果は少ないのだということを、常に念頭に置かなければなりません。韻文と散文では、同じような内容のことを述べるにもやや異なる表現を用いる、ということがあります。しかし、散文の表現については、資料の多い韻文の場合ほどには研究が進んでいないのです。

ところで、右の説明のなかで何度か使った「歌謡」という語ですが、これについて説明しておきます。『古事記』や『日本書紀』に載っている歌については、現に「記紀《きき》歌謡」という呼びかた

＊3　歌の作者だという「武素戔嗚尊」は、『古事記』の「須佐之男命」と同じ神です。『古事記』と『日本書紀』とでは、神名・人名・地名その他の固有名詞の表記に違いがあるのが普通です。
＊4　「八雲さす」は、1の歌謡に見える枕詞「八雲立つ」の別形です。

たがあるように、「歌謡」を使うことが研究者の間で一つの習慣になっています。それらの歌は、作者の個人的な心情を吐露《とろ》するという後世の歌とは異なって、当時の人々が集団として伝承してきた古い歌だという意味で、「歌謡」と呼ぶわけです。『万葉集』にもそのような古い歌は含まれていますが、『万葉集』の場合は一般に「歌」と呼んでいます。

上代と中古の間

『源氏物語』や『枕草子』などの中古の作品は人気が高く、文庫本や何かの古典シリーズ本を買い求めて読んだ、あるいは読もうとした、という経験をもつ人も多いでしょう。しかし、上代の作品についてはどこで読んだか記憶がない、というのが普通ではないでしょうか。

また、上代の次の時代は中古つまり平安時代だから、文法にしてもほかの言語的な要素にしても、両時代の間には特に問題にしなければならないような大きい違いがないのではないか、と考える人も多いと思います。

しかし、たとえば『万葉集』に収められた多数の歌のなかで、時代の知られる最も新しい歌は七五九年のもの、つまり八世紀の中頃のものです。一方、中古に成立した、現存する最も古い物語である『竹取物語』は、九世紀の後半から十世紀の初めに書かれたのだろうと推定されています。中古の最初の勅撰集である『古今和歌集』も、十世紀の初めに編纂されたものです。つまり、これらの物語・歌集と『万葉集』に収められた最も新しい歌との間には、少なく見積っても一〇〇年ほど、多く見積れば一五〇年ほどの開きがあるわけです。その時代的な隙間《すきま》を埋めてくれる、これといったまとまった日本語の資料は、残念ながら現存しません。

まして、十一世紀の初めに書かれたと推定されている『源氏物語』や『枕草子』から見れば、上代語を反映する文献は二五〇年ほど前に成立したものです。二五〇年という時代的な差は、当然のことながら言語のさまざまな部分に現れています。

上代語は、その言語としての姿がほぼわかる程度の資料に恵まれており、しかもそれがほぼわかる最も古い時代の日本語です。より多くの資料が残っている中古語の前身でもあり、日本語がどのようなかたちで現代語にまで変化してきたのかということを知るための、第一の出発点になるものでもあります。

上代から現代までの長い道のりのなかで、日本語にさまざまな変化が起こったことは事実です。しかし、その一方で、現代語に認められるさまざまな特徴のうちの多くが、何らかのかたちで既に上代語にも認められる、という連続性もまた、同時に確認することができます。

こうした点で、上代語は日本語の歴史について考えようとする人にとって、決して無視することのできない重要な言語だと言えるでしょう。

上代語の資料

「邪馬台国《やまたいこく》」や「卑弥呼《ひみこ》」のことが出てくる「魏志倭人伝《ぎしわじんでん》」にも古い日本語がいくつか見える、と歴史の授業で教わった人もいるのではないかと思います。

「魏志倭人伝」というのは書名ではなく、三世紀の末に中国で編纂された『三国志』のうちの、『魏志（魏書）』の一部分をさします。具体的には、同書の「烏丸鮮卑東夷伝《うがんせんぴとういでん》」に見える「倭人《わじん》」の条のことです。そこには、日本語らしいものが五十語余り出ています。しかし、どれも人名や地名や官名にあたるものばかりです。当時の日本語がどのようなものだったのか、というその概要については、資料が限定的で断片的であるために、知ることができません。

「卑弥呼」は人名の一つですが、地名だと「対馬《つしま》」「末盧《まつら》」などが、『魏志』に見えるものとして有名です。また、役職名だと、長官をさす「卑狗《ひこ》」や、副官をさす「卑奴母離《ひなもり》」などがよく知られています。ただ、あまりにも古い時代の中国語の発音に基づいて記されたものですから、厳密に言えば、本当にこれらが「つしま」「まつら」「ひこ」「ひなもり」という日本語を文字化したものかどうか、断言はできません。

しかし、興味深いのは、かりに「卑奴母離」が「ひなもり」で正しいとすれば、それは「鄙守《ひなも》り」で「地方を守る役人」という意味だと解釈できることです。しかも、語と語との結合のしかたが、実際に『万葉集』に見える「佐《さ》吉《き》母《も》利《り》（防人）」つまり「崎守り」や、「島守《も》り」「野守り」「山守り」などと一致します。そのことを重視すれば、循環論法にはなりますが、やはり『魏志』に見える「倭人」は日本語を話していた人々であり、そこに出ている五十余りの語は日本語だ、と見なしてかまわないことにもなります。*5

日本で漢字によって書かれた部分を含む、その後の文字資料には、『古事記』より前にも鏡・刀剣・石碑・仏像の後背《こうはい》などに記された文、つまり「金石文《きんせきぶん》」と呼ばれるものがあります。しかし、それらに見える日本語のほとんどが、「意《お》柴《し》沙《さ》加《か》宮」（隅田八幡宮人物画像鏡、四四一年か）、「巷《そ》奇《が》名伊《い》奈《な》米《め》大臣」「斯《し》帰《き》斯《し》麻《ま》宮」（元興寺丈六釈迦仏後背銘、六〇五年）などの固有名詞ですから、やはり当時の日本語の概要がわかるといったものではありません。結局は、古い時代の日本語の概要を知るには、それ以後の『古事記』『日本書紀』『万葉集』などに頼るしかない、ということになります。

ほかには、歌の資料がもつ分量にはまったく及びませんが、日本語の散文を文字化した資料が二種類あります。その二種類とは、「宣命《せんみょう》」と「祝詞《のりと》」です。本書の以下の各章でも、宣命・祝詞の実例を、少しずつ引用して読む機会があるはずです。

宣命というのは、天皇が群臣に向けて発した詔《みことのり》の文章のことです。『日本書紀』に続く歴史書

＊5　『後漢書』『隋書』その他、以後の中国の史書にも倭国に関する記述があって、同じように日本語らしいものが出ています。

である『続日本紀《しょくにほんぎ》』（七九七年撰進）に、六十二編の宣命が載録されています。また、もう一方の祝詞というのは、おもに祭式の場で、神に感謝し、神に祈りを捧げるために読み上げられた文章のことです。律令の施行細則をまとめた『延喜式《えんぎしき》』に、二十七編の祝詞が収められています。なかには、中古になってまとめられたと推定される祝詞も少し含まれてはいるものの、それらは前代の言いまわしを踏襲したものですから、全体的には上代語をうかがわせる資料として使うことができます。

さきにも少しだけ言及したことですが、これらの散文と、歌つまり韻文との間には、同じような意味のことを表現するのに、ある程度まで語法上・構文面での差異がありました。その差異の具体的な内容が、最近では少しずつ明らかになってきています。本書の説明でも、その差異がどのようなものなのかについて、取り上げる項目ごとに言及していきます。

ほかに、上代語の個々の問題について考える際には、より多くの資料が残っている中古の日本語も大いに参考になります。特定の言語的なことがらについて、中古ではああなのだからその前の上代ではもっと古くて、こんな状態だったに違いない、と推定することが可能な場合もあるわけです。その際には、上代から中古へというかたちの、無理のない自然な時代的推移を想定することが肝要です。

『万葉集』の表記

上代日本語についてものを考えるにあたっては、実際に日本語が書かれた漢字の本文を見るしかない、という場合が多くあります。

既に述べたように、これから上代語について説明していくにあたって、最も多く引用することになる資料が『万葉集』の歌です。そこで、『万葉集』の歌の表記はどのようなものなのかについて、漢字で書かれた本文を見ながら簡単に説明しておくことにします。

4　阿麻社迦留　比奈尓伊都等世　周麻比都々　美夜故能提夫利　和周良延尓家利
〔五・八八〇〕

5　零雪　虚空可消　雖恋　相依無　月経在
〔十・二三三三〕

6　従明日者　春菜将採跡　標之野尓　昨日毛今日母　雪波布利管
〔八・一四二七〕

表記の形式が大きく異なる三首の短歌を、あえて選び出してあげました。さきに1の歌謡をあげた時と同様に、右の三首を書き下し文に直し、さらに現代語訳を添えれば、次のようになります。[*6]

4　天離《あまざか》る　鄙《ひな》に五年《いつとせ》　住まひつつ　都《みやこ》のてぶり　忘らえにけり
（〈天離る〉地方に五年も住み続けていて、都の風習を忘れてしまったことだ）

5　降る雪の　空に消《け》ぬべく　恋ふれども　逢ふよし無しに　月そ経にける
（降る雪が空に消えるように、身も消えそうなほどに相手が恋しいと思うけれども、逢うすべもなく月が経ってしまった）

6　明日よりは　春菜摘《つ》まむと　標《し》めし野に　昨日《きのふ》も今日《けふ》も　雪は降りつつ
（明日からは春の菜を摘もうと思って占有の印を付けておいた野に、昨日も今日も雪が降っていて……）

こうして書き下し文にすれば、表記はどれも同じようになってしまいます。しかし、もとの漢字だけの表記形式は三者三様であり、見た目が大きく異なっています。同じ『万葉集』に出ている歌なのに、特に5の歌の本文はまるで漢文の一部をそのまま抜き出したようなものであり、専門家でなければ、どう読んでいいのか見当がつきません。

三首の表記について説明します。まず4の歌の表記は、1の歌謡と同じで、一音節に一字の「音仮名《おんがな》」、つまり万葉仮名をあてた書きかたになっています。当然のことですが、五つの句に三十一字があててあります。これに対して、5の歌では、すべての字が訓を用いたものになっていて、「可レ消《けぬべく》」「雖レ恋《こふれども》」などの漢文式の返読表記も含まれています。三十一音節がわずか十四字で書かれているために、活用語の語尾や助動詞や助詞が無表記になっています。歌として読んで内容を理解するためには、無表記になっている語を訓《よ》み添える必要、つまり補読する必要があるわけです。その訓み添えの際に有力な手がかりになるのが、五と七のリズム、定型歌の音数律という枠《わく》です。

6の歌の表記は、4と5の歌のそれを統合・合体したようなものになっています。三十一音節が二十四字で書かれています。「従二明日一《あすより》」「将レ採《つまむ》」は漢文式の返読表記であり、「之《し》」「尓《に》」「毛《も》」「母《も》」「波《は》」「布利《ふり》」は一字一音式の音仮名です。また、「跡《と》」「管《つつ》」は「借訓字《しゃっくんじ》」あるいは「借訓仮名《しゃっくんがな》」と呼ばれるもので、訓を用いた宛字《あてじ》です。それ以外は、漢字の意味と日本語とをまともに対応させた「正訓字《せいくんじ》」です。このように、6の歌では、さまざまな種類・系統の漢字を混ぜて一首の表記が構成されています。しかし、これは特別に表記に凝った歌だというわけではなく、類例は『万葉集』に多数あります。

4〜6の三首の歌をよく見れば、『万葉集』の歌を表記した当時の人々は、一つ一つの漢字のことをよく知っていたからこそこんなふうに歌を表記することができたのだ、ということがわかります。中国の文字である漢字が日本に入ってきてから、日本人もやがてそれを読んだり書いたりすることに少しずつ慣れていって、結局は漢字を使って日本語を書き表すことができるようになった、というわけです。

＊6　現代語訳では、やはり枕詞を〈　〉に入れておくことにします。

『万葉集』には、人を思う心情を表現するために「恋《こひ》」を「孤悲《こひ》」と書き、多数の「鶴《たづ》」が群れていることを表すために、それを「多頭《たづ》」と書いた例があります。また、「河《かは》」「草《くさ》」「苦《くる》し」などの語を、ことさらに音仮名で「河波《かは》」「久草《くさ》」「苦流思《くるし》」と書いた例もあります。これらは、人々が何百年にもわたって漢字を使用する過程で、個々の漢字の意味・読み・用法に関するさまざまな知識と経験とを蓄積してきた、その一つの成果だと言えます。

前もって確認しておきたいことはまだありますが、説明が抽象的なものに偏《かたよ》りがちですので、次章から具体的な上代語の話に入ることにします。

第一章　連想が多種の表現技法を生む

上代語の修辞法

前の序章では、上代語を反映する文献・資料がどのような性質をもつものなのかについて、例をあげて要点を説明しました。

一方、上代のものに限らず、とにかく古典と呼ばれるものを学んでいこうとする時に、あらかじめ身につけておくべき知識がいくつかあります。この第一章でもまた、そのような不可欠な事項について説明することにします。

古典を読むにあたって必要かつ基礎的な知識と言えば、名詞・動詞・形容詞その他の、各品詞に関する文法的なことがらを、多くの人たちが第一に思い浮かべるでしょう。確かに、文法に関する知識は必須ですが、それに劣らず重要なのは、「枕詞《まくらことば》」「序詞《じょことば》」その他の表現技法に関する知識です。表現技法のことをまったく知らなければ、時には文脈が順当にたどれなくなり、時には表現の意図が理解できないままに重要な部分を通り過ぎてしまう、ということにもなりかねないからです。

そういうわけですから、高等学校の生徒が使う『古典文法』『文語文法』などといった教科書の末尾には、表現技法に関する解説が付け加えられています。教科書のその部分を実際に見てみると、「古文の修辞法」とか「古文と修辞法」とかという章が立ててあります。そして、特に和歌に用いられた修辞法だという説明のもとに、「枕詞」「序詞」「懸詞《かけことば》（掛詞）」「縁語《えんご》」の四種が取り上げられています。

この四種の技法は、既に上代の文献に出揃《そろ》っています。既に出揃っているというよりも、四種の技法は、まだ文字が使われていない、無文字社会の人々によって生み出されたものだ、というのが正確な言いかたです。特に枕詞・序詞の二種は、古い時代ほど多様にかつ盛んに使われたもののようです。この章で表現技法のことを取り上げるのは、そのような理由からです。上代で四種の技法がどのように使われたのかということを、実際の例を見て確認することにしましょう。

現代人のように多種の文字を使い、それに頼って生活している場合には、見たり聞いたりしたことがらをメモしておけば、あとでそれを読んで内容をほぼ確認することができます。しかし、無文字の段階にある社会では、人間がその場その場でことがらを記憶しておかなければ、すべてがただちに消え去ってしまいます。

ただし、その場で記憶するとは言っても、ことがらが複雑なものである場合には、記憶する際にそれなりの工夫が必要になります。現在でも、記憶すべきことを別のことと関連づけておき、あとでその関連を逆にたどるかたちで必要な記憶を呼び起こす、ということがよく行われます。そうしたことは無文字の社会でも同様であり、多くの語のなかから特定の語を呼び起こすのに、その語から連想されることがらをとりあえず口に出す、という方法がとられたようです。

「あしひきの」「ぬば玉の」

たとえば、「山」という語を選び出すにあたって、「登るのに足がひきつるような、とてもつらい思いをする」という普段の経験を連想し、「あしひきの―山」と表現する、というようにです。一方、「あしひきの岩根《いはね》凝《こご》しみ……」〔三・四一四〕では、「あしひきの―岩根」という別の掛かりかたになっています。こちらの場合は、「山」という語から、そこに多くある「岩」を連想して、「あしひきの―岩根」と掛けたものです。特定のものからそれに関係の深い別のものを連想するということが、枕詞が成立するきっかけになりました。

「あしひきの」の「ひき」は現代語の「引き」とは別系の動詞で、「こわばる」「ひきつる」という意味の「ひき」でした。現代語の「引く」へと継承された語ならば、もともとは四段活用であり、それは現代語では五段活用に変化しているはずです。しかし、「こわばる」「ひきつる」という意味の「ひく」は上二段活用の動詞であり、意味も活用も異なる語でした。

中古の医学書である『医心方《いしんぼう》』には、足の病いに関するさまざまな記述が見えます。それを読んでいくと、「攣」という漢字の左右に「アシナヘ」「ヒキ」の二つの訓が付された、次のような箇所が出てきます。

1　脚氣攣《アシナヘ》《ヒキ》不能行……

〔巻八・第六脚気腫痛方〕

右側にある「アシナヘ」は、「足に傷害があって、歩行が不自由である」という意味の複合語です。左側にある「ヒキ」は、「アシヒキ」の「アシ」を省略して「ヒキ」の二字だけを書いた可能性があります。「アシナヘ」の「ナヘ」に対応する位置に「ヒキ」が書かれているからです。「攣」の字は、現代語でもよく聞く「痙攣《けいれん》する」という熟語にも使われています。[*1]

誰が最初に使い始めたのか不明な、「あしひきの—山」という結び付きが、やがて人々の共感を得て一つの言いまわしとして定着すれば、「あしひきの」という枕詞が成立したことになります。『万葉集』には一一二例に及ぶ「あしひきの」があり、これがいかに人気のある枕詞だったのかがわかります。[*2]

右の「あしひきの」と同じような連想のありかたが、さまざまな枕詞の成立につながったのだと考えられます。

「ぬば玉の」という、別の枕詞を見てみます。これも和歌によく使われているもので、「あしひきの」の用例数には及びませんが、『万葉集』には八十ほどの例があります。

＊1　「痙攣」の「痙」も、「攣」とほぼ同義の字です。
＊2　中古のアクセントから見ると、「あしひきの」の「あし」は「足」ではなく「葦」だと人々は認識していた、という指摘があります。

2
居明《ゐあ》かして　君をば待たむ　奴婆珠能《ぬばたまの》　吾が黒髪に　霜は降るとも　〔二・八九〕
（寝ずに夜を明かして、あなたを待ちましょう。たとえ〈ぬば玉の〉私の黒髪に霜は降ろうとも）

「ぬば玉」とは「檜扇《ひおうぎ》」という多年草の黒い実をさす、と言われています。その黒い実つまり「ぬば玉」は、「の」という助詞を伴ったかたちで、「黒」そのものはもちろんのこと、「夜」「宵《よひ》」「髪」など多くのものに掛かる枕詞になりました。黒いもの、暗いもの、さらにはそれから連想される「月」「夢」などに掛かった例もあります。こうした掛かりかたの例はすべて既に『万葉集』に見えており、黒々とした球形の実が上代の人々の連想を活発に働らかせたことを示しています。

「玉匣《たまくしげ》」の場合

もう一つ、おもに上代に使われた「玉匣」という枕詞も見ておきましょう。これは、『万葉集』に十五例あります。

3
内大臣藤原卿《うちのおほまへつきみふぢはらのまへつきみ》、鏡王女《かがみのおほきみ》を娉《よば》ふ時に、鏡王女、内大臣に贈る歌一首
玉匣《たまくしげ》　覆《おほ》ひを安み　明けて去《い》なば　君が名はあれど　吾が名し惜しも　〔二・九三〕

（〈玉匣〉覆い隠すのは容易だと、夜が明けたあとにあなたが私の所から帰って行ったら（噂《うわさ》が立つでしょうから、）あなたの名前はともかく私の名前の傷つくのが惜しいのです）

この歌には、後世の「詞書《ことばがき》」に相当する「題詞《だいし》」が付いています。歌を詠んだ時の状況を説明した文です。

題詞に見える「藤原卿」とは、日本史の教科書・参考書にも登場する藤原鎌足《かまたり》のことです。「藤原卿が鏡王女に求婚した時に、鏡王女が藤原卿に贈った歌である」というのが、題詞の内容です。

女性の家を訪れた男性は、朝まだ暗いうちにそこから帰って行くのが当時の習慣でした。しかし、鎌足は夜がすっかり明けてから鏡王女の家を出て行くので、二人のことで噂が立つのを嫌った鏡王女がやんわりと鎌足に苦情を言った、という状況です。[*3]

「玉匣《たまくしげ》」の「匣《こう》」という字は箱を意味し、「くしげ」は「櫛笥《くしげ》」、つまり「櫛を入れておく箱」という意味の複合語です。これに、「玉裳《たまも》」「玉手箱《たまてばこ》」のような、美しいものや優れたものをさす「玉」の付いたものが、「玉匣」という言いかたです。櫛をはじめとする装飾品を納めておく容器で、女性にとっての必需品だったようです。

＊3　鏡王女が皇室の女性だということは、まずその呼び名からわかります。しかし、具体的な素性については不明です。

「玉匣」には蓋《ふた》が付いていましたので、枕詞として、蓋と同音で始まる「二上山《ふたがみやま》」にかかり、また蓋との縁で「開け《あ》／明け」や「覆ひ《おほ》」にかかりました。さらに、箱の蓋を開けて見るという動作との縁で、「見《み》」と同音で始まる「御諸《みもろ》／三室《みむろ》」という地名にもかかりましたし、箱に付いている脚《あし》との縁で、同音をもつ「葦木《あしき》」という地名にかかった例もあります。この「玉匣」の場合も、やはり連想が活発に働いた結果、数種のものにかかる枕詞になったのです。

注目されることは、「玉匣少し開くに……」〔九・一七四〇〕のような、枕詞にはなっていない普通名詞の「玉匣」が、三例ですが『万葉集』に見えることです。「玉匣」は女性が日常的に使う箱だったので、その呼び名が枕詞としてしか使えないものにはなりにくかった、ということだと思われます。[*4]

枕詞はもともと地名にかかるものであり、やがてそれが一般的な語にもかかるようになったのだ、という見解があります。その可能性は十分にあります。「八雲立つ―出雲」「青丹《あをに》良し―奈良」「神風《かむかぜ》の―伊勢」その他、地名にかかった枕詞の例は上代の文献に多数見えます。それらは、各地の特徴を巧《たく》みに捉えた、一種のほめことばのようなものです。やがて一般的な語にかかる枕詞が作られるようになると、やはりそれは、連想によって特定の語を導き出すという機能を、より有効に発揮しただろうと思われます。

枕詞のなかには由来のかなり古いものがあって、もともとどのような意味関係で特定の語にかかったのかわからない、という例が多数あります。古語辞典の類でよく「語義・掛かり方未詳」

と説明されているのがそれです。枕詞とそれがかかっていく語との連想関係が、現代の我々にはもう理解できなくなってしまったのです。「たらちねの―母」「やすみしし―吾《わ》ご大君《おほきみ》」「つのさはふ―岩」「なまよみの―甲斐《かひ》」などが、「掛かり方未詳」の代表的な例です。一つ一つについて解釈はさまざまに行われているのですが、どの解釈も確定的なものではありません。

枕詞の用法を問題にする場合に、それを承《う》けるほうの語を特に「被枕詞《ひ》」と呼ぶことがあります。言うまでもなく、「枕詞が被《かぶ》せられる語」という意味です。

序詞の機能

いくつか実例をあげたように、枕詞は基本的に五音節のものになっています。しかし、なかには「千葉《ちば》の葛野《かづの》を見れば……」〔記四一〕の「千葉の」や、「押し照る難波《なには》の崎の……」〔紀四八〕の「押し照る」などのように、三音節・四音節のものも少数ながらあります。「千葉の―葛野」は「千枚もの多くの葉を付ける―葛（野）」という関係でかかり、また「押し照る―難波」は「日が高い所から照りつける―難波（の海）」という関係でかかります。三音節・四音節のものも、それだけで一句としての資格を具《そな》えています。

＊4　さきに見た「あしひきの」「ぬば玉の」には、枕詞としての例しかありません。

このような枕詞に対して、「序詞」あるいは単に「序」と呼ばれるものは、音数や句数には寛大かつ自由な修辞法です。

序詞のうちでも、『古事記』に見える比較的古い例をあげてみます。

4　つぎねふ　山代女《やましろめ》の　木鍬《こくは》持ち　打ちし大根《おほね》　根白の　白腕《しろただむき》　枕《ま》かずけばこそ　知らずとも言はめ　〔記六一〕

（〈つぎねふ〉山代の女が、木の鍬を持ち、土を打ち耕し（て作っ）た大根。その大根のような白い私の腕を枕にして寝なかったらこそ、私のことを知らないとも言えようが……）

天皇が皇后に呼び掛けようとして詠んだ長歌です。皇后が自分に対して冷淡な態度を取った時に、皇后の返答を引き出そうとして天皇が詠んだのです。二人がこれまで長い間にわたって共寝をしてきたことを持ち出し、「なのに、私を今このようにそっけなく扱うとは」といって、皇后の態度を婉曲《えんきょく》に非難しています。[*5]

「つぎねふ……打ちし大根」の四句が、序詞として「根白の」という比喩を導いています。「白腕《しろただむき》」という語を持ち出そうとして、その「白腕」から、「山代女」が農作業をして育てる白い大根を連想したために、このような表現ができあがったわけです。序詞もまた、豊かな連想によって生まれたものだと言えます。

五つの句から成る短歌のうちの四つの句を序詞が占めることも、時にはあります。

5　吾妹子《わぎもこ》が　赤裳《あかも》ひづちて　植ゑし田を　刈りて蔵《をさ》めむ　倉無《くらなし》の浜〔九・一七一〇〕

（私の妻が赤い裳を濡らして植えた田の作物を、刈り取って収めようとするにも倉がない、という意味の倉無の浜よ）

この歌は、「倉無《くらなし》の浜」という呼び名に興味をひかれて詠んだもので、実質的な意味をもつのは第五句の「倉無の浜」だけです。つまり、第一句から第四句までの長い表現は、「倉無」からの連想によって構成したその場限りの表現であり、最終的に「倉無の浜」に接続するように仕立てられた序詞です。作者が連想を働かせて作り上げた表現であることは確かですが、結果的には頓知《とんち》をきかせた技巧的な歌になっています。作者によるその頓知が、歌を読んだり聞いたりする人物を感心させ喜ばせたようです。

6　ほととぎす　来鳴く五月《さつき》に　咲きにほふ　花橘の　かぐはしき　親の御言《みこと》　朝夕《あさよひ》に　聞かぬ日多《まね》く……〔十九・四一六九〕

＊5　「つぎねふ」は「山代」にかかる枕詞ですが、語義やかかりかたは未詳です。「枕《ま》く」はもともと「巻く」と同じ動詞ですが、ここでは相手に腕を回して共寝することを意味しています。

（ほととぎすが来て鳴く五月に咲きほこる花橘のような、すばらしい母上のおことばを聞かない日が多く重なり……）

地方にいる作者が、都に残してきた母親に贈った長歌の冒頭です。この長歌の場合、第一句から第四句までが連想を働かせた序詞になっており、その四つの句が「かぐはしき」を導入するかたちになっています。

枕詞を包み込む序詞

序詞のなかには、枕詞をすっぽり包み込んでいるものがあります。枕詞と序詞とはたがいに排他的なものではなかった、ということがわかります。

7　をみなへし　佐紀《さき》沢に生ふる　花かつみ　かつても知らぬ　恋もするかも　〔四・六七五〕

（〈おみなへし〉佐紀沢に生えている花かつみの名のように、かつても知らない恋をすることだ）

8　思へども　思ひもかねつ　あしひきの　山鳥の尾の　長きこの夜を　或本の歌に曰く「あしひきの　山鳥の尾の　垂《しだ》り尾の　長々し夜を　一人かも寝む」　〔十一・二八〇二〕

（あの人を思っているが、その思いの強さに耐えられない。〈あしひきの〉山鳥の、下に垂れた尾のように長いこの夜を。別伝では「〈あしひきの〉山鳥の尾が下に垂れたような長い長い夜を、一人で寝ることか」）

7の「をみなへし」は、「咲き」つまり地名の「佐紀」にかかる枕詞であり、「咲き」と「佐紀」が懸詞にもなっています。それを含む第一句から第三句までの「……花かつみ」が、次句の「かつて」を導く序詞です。[*6]

8の歌には別伝の歌が添えてあり、しかも本伝・別伝の構成は大きく異なっています。本伝のほうでは、まず第一句と第二句が作者の言いたい本旨の表現であり、第三句の「あしひきの」が第四句の「山」に掛かる枕詞になっています。また、それと同時に、第三句と第四句が「長き」を導く序詞になっています。

しかし、別伝では、第一句が第二句にかかる枕詞になっており、序詞である第一句から第三句までが「長々し」を導く序詞になっています。「長々し夜」を一人で過ごさなければならないつらさから、まず「長々し」いものとして「山鳥の垂《しだ》り尾」を連想し、さらにはそれに「あしひきの」という枕詞を付けて第一句としています。ですから、こちらの本旨の表現は、本伝とは正反対に第四句・第五句になっています。[*7]

＊6　「花かつみ」が現在のどのような植物をさすか、諸説ありますが不明です。「かつて」は「まったく／少しも」の意で、「知らぬ」という否定表現にかかっています。

7の歌に用いられた序詞と、8の歌に用いられた序詞とを見比べてみます。すると、7のそれは「花かつみ―かつても知らぬ……」という音韻的な関係で別の語を導いているのに対し、8のそれは「山鳥の尾」の長さが意味的な関係で「長きこの夜」「長々し夜」を導いています。このように、序詞が次の語を導入するのにも、実際には大別して二種の方法があります。音韻的な導きかたは単純でわかりやすく、意味的な導きかたは多様で少しわかりにくい、と一般的には言えます。

序詞とは違って、枕詞は必ず一句に収まっています。ですから、枕詞が理解できなくても、ほかの部分が理解できていれば、歌全体の意味はそれとなくわかります。しかし、序詞には、作者の連想のありかたの違いを反映して、長短さまざまなものがあります。長歌によっては、歌の途中から数句に及ぶ序詞が始まり、序詞の末尾にある表現が特定の語を導く、というかたちになっている場合があります。そうした場合には、数句に及ぶ表現が序詞になっていることを理解しなければ、読み進めている個所がどのような文脈のものになっているかが把握できない、という事態が生じてしまいます。

懸詞の機能

懸詞《かけことば》の技法そのものは、現代人にとって序詞よりも理解しやすい面があります。それは、一つの語あるいは一つの言いまわしに複数の意味を重ね合わせたものであり、誤解を恐れずに単純な言いかたをすれば、語呂合わせや洒落《しゃれ》に近いものだからです。

初心者向けの解説書では、『古今和歌集』の、

9　花の色は　移りにけりな　いたづらに　我が身世にふる　ながめせし間に　〔二・一一三〕

（花の色は褪《あ》せてしまったなあ。我が身もむなしく時を過ごした。外を眺め、また長雨の降っている間に）

10　立ち別れ　いなばの山の　峰に生ふる　まつとし聞かば　今帰り来む　〔八・三六五〕

（出立してあなたと別れて因幡《いなば》に去って行きますが、その因幡山の峰に生える松のように、私をあなたが待っていると聞いたら、すぐにも帰って来ましょう）

というような歌を、懸詞を含む例としてあげています。そして、9の歌の場合、第四句の「ふる」には「経《ふ》る」と「降る」とがかけてあり、第五句の「ながめ」には「眺め」と「長雨」とがかけてあると説明しています。また、10の歌については、第二句の「いなば」に地名の「因幡《いなば》」と「去って行ったら」の意の「去なば」とがかけてあり、第四句の「まつ」に「松」と「待つ」とがかけ

＊7　歌の構成や表現のありかたから、本伝である二句切れの歌が先に作られたものであり、「――の――の――の」とたたみかける形式の別伝は、本伝をもとにして再構成された歌ではないかと思われます。

であると説明しています。歌の全体が、二種の文脈を懸詞の部分で重ね合わせたかたちのものです。

これに対して、『万葉集』に見える次の歌の懸詞は、文脈との関係を読み取るのがなかなか困難です。

11　吾妹子《わぎもこ》を　早見浜風《はやみはまかぜ》　大和《やまと》なる　吾松椿《われまつつばき》　吹かざるなゆめ　〔一・七三〕

（私の妻を早く見たい、早見の浜風よ。大和にあって私を待つ、松や椿を吹かずにはいるな、けっして）

第二句の「早見」には、「早く見る」の意の「早見」と地名の「早見」との二つがかけてあり、また第四句の「吾《われ》松椿」の「松」には「待つ」がかけてあります。作者が連想を活発に働かせた歌ですが、解説書では、表現が素朴だとも複雑だとも評されており、また作者は機知を好んだとの指摘も見えます。どの見かたが妥当なのか判断は難しいのですが、いずれにしても、中古の懸詞ほどに技法が洗練されておらず、文脈が把握しにくい表現になっている、と言えることは確かです。

上代でよく行われたのは、特定の地名に別の語をかけるという単純な技法です。

12　吾が背子《せこ》を　こち許世山《こせやま》と　人は言へど　君も来まさず　山の名にあらし〔七・一〇九七〕

（許世《こせ》山を、私の彼をこちらへ「来せ《こ》」の山と人は呼ぶが、彼は来て下さらない。（「来せの山」というのは）単なる山の呼び名にすぎないらしい）

13　妹が手を　取石《とろし》の池の　波の間《ま》ゆ　鳥が音異《ねけ》に鳴く　秋過ぎぬらし〔十・二一六六〕

（彼女の手を取るという名の取石の池の波間から、鳴く鳥の声がいつもと違って聞こえてくる。もう秋は過ぎ去ったらしい）

12の歌は、「許世《こせ》山」という山の「こせ」と、「来てくれ」という意味の「来《こ》せ」とをかけたうえで、相手の男性が自分の所へ来てくれないことを嘆いた歌です。13の歌では、「とろしの池」の「とろ」に「（妹が手を）取ろ」をかけていますが、「妹が手を」は「取る」の枕詞だとも言われます。二首とも、かけかたあるいは連想の働かせかたが中古の場合よりも単純であり、それだけに理解しやすい表現になっています。

一語に具わる二種の意味

ところで、懸詞という表現技法そのものは、右で見たように既に上代には成立しています。しかし、概して言うと、上代ではあまり使われておらず、中古に入ってから盛んに使われるようになったものです。

懸詞に近いと思われる上代の例としては、たとえば、

14　この山の　峰に近しと　我が見つる　月の空なる　恋もするかも　〔十一・二六七二〕

（この山の峰近くにあると私の見る月がかかっている空、そのようにうわの空のような恋をすることだ）

15　橡《つるばみ》の　一重《ひとへ》の衣《ころも》　裏も無く　あるらむ児《こ》故　恋ひ渡るかも　〔十二・二九六八〕

（橡の一重の衣に裏がないように、裏もなく無心に見える娘のことで恋をし続けることだ）

16　梓弓《あづさゆみ》　末はし知らず　然《しか》れども　まさかは君に　寄りにしものを　〔十二・二九八五〕

（〈梓弓〉将来のことは知らない。しかし、今はもうあなたに心が寄ってしまったことだ）

などの歌に見える、「空」「裏」「末」の用法があります。

14の歌の「空」は、上の文脈に対しては天空を意味し、下の文脈に対しては「上《うわ》のそら」の「そら」を意味しています。15の「裏」も、衣の裏地と感情の「裏」との両意を表すことによって、前後の文脈の違いに応じています。16の歌では、枕詞としての「梓弓」に導かれた「末《すゑ》」が、「弓の末《すゑ》端」と「将来」の意の「末《すゑ》」との両義を表すことによって、前後の文脈に別の意味で応じています。

三例の「空」「裏」「末」が表す一方の意味は具体的なものであり、他方の意味は抽象的なもの

になっています。語がもつ具体的な意味から、その語がもつ抽象的な意味をも連想することによって成立した、より素朴な表現技法です。つまり、三例の表現では、さきに見た「経る」と「降る」、「眺め」と「長雨」、「因幡」と「去なば」、「松」と「待つ」のような別語をかけるのではなく、一語に具わる二種の意味を表し分けるものになっているわけです。しかも、一語が表す二種の意味は、名詞が表すものの範囲にとどまる、というきわめて単純で理解しやすいものです。

縁語の機能

四種の表現技法のうち、最後に残ったのは縁語《えんご》です。懸詞と同様に、縁語もまた上代の文献では目立つほどには使われていません。やはり、中古に入ってから盛んに使われるようになったものです。

ある解説書で縁語に関する項目を見てみると、そこには、

17　唐衣《からころも》　きつつなれにし　つましあれば　はるばるきぬる　旅をしぞ思ふ　〔九〕

（着なれた唐衣の褄《つま》のように、馴《な》れ親しんだ妻がいるので、はるばるやって来た旅のつらさが思われることだ）

という『伊勢物語』の歌があげてあります。そして、この歌が「か」「き」「つ」「ば」「た」の五字を各句の初めに詠み込むという、いわゆる「折句《おりく》」の歌であることと、「唐衣着つつ」までが序詞であることが説明されています。さらに、「馴《な》れ」と「萎《な》れ」、「妻」と「褄《つま》」、「遙々《はるばる》」と「張る」、「着《き》」と「来《き》」が懸詞になっていること、「萎れ」「褄」「張る」「着」などが「唐衣」と関係の深い語、つまり縁語であることも、続いて説明されています。[*8]

これほどまで表現技法の重ね合わされた歌は、もちろん上代にはまだ見あたりません。ただし、17の歌に似たところのある次の歌が、『万葉集』にあります。

18　おほろかに　吾し思はば　下に着て　なれにし衣《きぬ》を　取りて着めやも　〔七・一三一二〕

（いい加減に私があなたを思っているのだったら、下に着ていて古くなった衣を取り出して着たりなどしようか）

「下に着てなれにし衣」は、内縁の関係にある女性を喩えたもだと言われています。おそらく、付き合いの長い女性を妻にしようとする男性の歌でしょう。

これが中古の歌であれば、17の歌と同様に、「萎れ」「着る」「衣」の三語が縁語になっていると説明されるはずです。しかし、『万葉集』の解説書をいくつか見てみても、三語が縁語の関係にあるとの説明は見えません。縁語は表現技法として、まだ十分には確立していなかったからです。

それでも、上代の縁語ということで思い起こすのは、「鏡」と「見る」、「弓」と「引く」などを詠み込んだ数首の歌です。

19　梓弓《あづさゆみ》　引豊国《ひきとよくに》の　鏡山《かがみやま》　見ず久《ひさ》ならば　恋しけむかも　〔三・三一一〕
（梓弓の弦を引いて音を響《とよ》もすという、その豊《とよ》国の鏡山を見ないで久しくなったら、恋しく思うだろうか）

20　梓弓　引かばまにまに　寄らめども　後《のち》の心を　知りかてぬかも　〔二・九八〕
（〈梓弓〉あなたが私の気を引いたらそのとおりに従いましょうが、あなたの後々の心がどうなのか、私は知ることができないのです）


19の歌では、「梓弓引き」までが「響《とよ》」と同音の「豊」を導く序詞になっています。また、弓の弦を引いて弾《はじ》き、その音を響かせるという儀礼的な行為が、この表現の背景にあります。解説書には、「鏡」と「見る」とが縁語になっているという説明が見えます。

20の歌もまた「梓弓」で始まっており、それが枕詞としてかかっていく「引く」は「弓」の縁

＊8　17の歌は、『古今和歌集』をはじめとするいくつかの歌集にも出ています。

語だと説明されています。「引く」は、その前後に対して別々の意味を表しています。直前に対しては「弓を引く」という意味を、そして、直後に対しては「心を引く」という意味を、それぞれ表しています。この用法は14～16の「空」「裏」「末」のそれに近いものであり、その動詞版だとも言えます。

第三句の「寄る」は「(相手に)従う」という意味であり、「弓」の縁語になっている、と解説されています。「梓弓欲良《よら》の山辺の……」〔十四・四三八九〕の例が、「梓弓―寄ら」という意味で続いているように、弓の弦をはじく音で神霊が寄りつくという考えかたが当時あった、というのです。確かに、そうしたことを想定させる、弓の音を詠み込んだ歌が『万葉集』に何首か見えます。

「鏡」と「見る」、「弓」と「引く」の二例を見てもわかるように、上代の縁語の技法は後世のそれと比較すれば、かなり単純で素朴な段階にあります。現代語でも「鏡を見る」と表現するように、「鏡」については古くから「見る」という動詞を使います。また、「弓」について「引く」と表現したものは、『万葉集』だけでも十数例あります。ある国語辞典の「弓」の項には、「―を引く」という例文があげてあります。[*9]

そのようなことを考慮すれば、「鏡」と「見る」、「弓」と「引く」はもともと密接な関係にあり、あえて縁語という意味づけを行う必要はない、とも言えるでしょう。上代の縁語は、それほどに実例に乏しいのです。

「はさみこみ」の手法

一連の文脈のなかに、前後の表現とは直接につながらない、独立的な句や文が現れることがあります。もう半世紀以上も前のことになりますが、ある文法学者が、そうした現象を「はさみこみ」と呼んで長い論文を書きました。そして、多くの古典からさまざまな事例を探し出して、一例ずつその文脈のありかたを詳しく説明しました。それ以来、研究者たちは「はさみこみ」という現象に注目するようになりました。

現在、文法を問題にする場では、挟《はさ》み込まれる句や文を、「はさみこみ」ではなく「挿入句」と呼んでいます。高校生が使う文法の教科書では、約半数が「挿入句」という項目を設けてそれを具体的に解説しています。

「はさみこみ」の現象は、ほぼ次のように説明できると思います。つまり、特定の話題についてことばを連ねていくうちに、話し手の連想がほんの少しだけその脇にそれて、当面の話題に関することを臨時的かつ補足的に解説する、という現象です。しかも、そのように補足的な解説を行ったあとで、またすぐに前の話題・文脈に戻ってことばを続ける、というのが普通です。[*10]

＊9　「引」という漢字そのものが、弦を表す「｜」を「弓」に添えるかたちで構成されています。
＊10　挿入句は、現代人の会話にもよく出てきます。

「はさみこみ」の現象を正面から取り上げた文法学者は、中古以降の例を数多く取り上げました。ただし、『万葉集』の歌も少しだけ例示しています。

21　板葺《いたぶき》の　黒木の屋根は　山近し　明日の日取りて　持ちて参《ま》ゐ来む　〔四・七七九〕

（板葺きの黒木の屋根については、山は近いことだし、木を明日にも伐り取って持って参りましょう）

22　あかねさす　紫《むらさき》野《の》行き　標野《しめの》行き　野守《のもり》は見ずや　君が袖振る　〔一・二〇〕

（〈あかねさす〉紫野を行き標野を行って、野の番人が見るではありませんか、あなたが私に袖を振るのを）

21は状況がよくわからない歌なのですが、屋根を黒木葺《ぶ》きにしたいと言った女性に対して、男性が答えた歌のようです。「山近し」は前後の文脈と連続しない表現になっており、これが「はさみこみ」の句であることは一読して明らかです。ですから、「黒木の屋根は山近し」というように、「山近し」を前の句に続けて読んでしまえば、何のことか意味がわからなくなります。*11

22の歌は、宮廷人たちが野に出た時に、そのなかにいた一人の女性が相手の男性に向かって詠んだものです。「あちこちの野に行って、あなたは私に向かってたびたび袖を振ります。でも、野の番人がそれを見るではありませんか」と呼び掛けたのです。「人に見られたら噂《うわさ》が立って困りますから、私に袖を振るのは止めてください」という、余意の籠もった歌です。

第四句の「野守は見ずや」が「はさみこみ」の句になっている、と説明されています。その説明は、「紫野行き標野行き―君が袖振る（のを）」という一連の表現の間に、別の主語と述語とが構成する「野守は見ずや」が挿入されたのだ、という解釈に基づいています。

ただし、第一句から始まる一連の表現が第四句の「野守は見ずや。」で終止しており、第五句は「(なのに私に)あなたが袖を振るなんて」の意を表す、詠嘆的な独立句になっている、と見る解釈もあります。それによれば、「はさみこみ」説は成り立たなくなります。

多様な「はさみこみ」

「はさみこみ」の典型は、22の「野守は見ずや」を挿入句だと解釈する場合のように、それを取り除いても前後の表現が普通につながるというものです。

『古事記』に見える次の歌謡では、第三句・第四句が典型的な挿入句になっています。

23　媛女《をとめ》の　い隠《かく》る岡を　金鋤《かなすき》も　五百箇《いほち》もがも　鋤《す》き撥《ば》ぬるもの　〔記九九〕

(娘が隠れている岡を、金属製の鋤も五百本ほしい、鋤き返して土を撥ね飛ばしたいものだ)

＊11 「黒木」とは皮を剥いでいないままの木をさす、と言われています。

歌謡の構成を単純化し、挿入句を取り除けば、「媛女《をとめ》のい隠《かく》る岡を―鋤《す》き撥《ば》ぬるもの」という、続きかたの自然な表現になります。挿入句の「……もがも」は「……がほしい」の意で、文末に用いられて願望を表す語法です。

一方、意味的に緩い関係で前後の表現とつながる条件句が歌の途中に挿入されている、といった例もかなりあります。

24　三輪山を　然《しか》も隠すか　雲だにも　心あらなも　隠さふべしや　〔一・一八〕
(三輪山をそのように隠すのか。せめて雲には思いやりの心があってほしい。隠すべきものか)

第三句・第四句の「雲だにも心あらなも」も、願望を表す挿入句だと言えるものです。しかし、それを取り除いて「三輪山を然も隠すか―隠さふべしや」と続けると、表現がやや不自然になります。不完全な挿入句だと言えます。

25　家にあれば　笥《け》に盛る飯《いひ》を　草枕　旅にしあれば　椎《しひ》の葉に盛る　〔二・一四二〕
(家にいれば器に盛る飯を、〈草枕〉旅の途上にあるので、椎の葉に盛る)

26　吾が屋前《やど》の　萩の下葉は　秋風も　いまだ吹かねば　かくそ黄葉《もみ》てる　〔八・一六二八〕
(我が家の庭の萩の下葉は、秋風もまだ吹いてこないのに、これほどに色付いている)

この二首の「草枕旅にしあれば」「秋風もいまだ吹かねば」は、どちらも条件句です。それらを取り除いた「家にあれば笥《け》に盛る飯《いひ》を―椎《しひ》の葉に盛る」「吾が屋前《やど》の萩の下葉は―かくそ黄葉《もみ》てる」は、続きかたに特に無理のない表現です。

27　心なき　秋の月夜の　物思ふと　眠《い》の寝らえぬに　照りつつもとな　〔十・二二二六〕
（思いやりの心がない秋の月が、私が物思いをして眠れないのに、むやみに照りつけるよ）

「物思ふと眠《い》の寝らえぬに」は、逆接の条件句です。それを除いた「心なき秋の月夜の―照りつつもとな」も、たとえば「うぐひすの―木末《こぬれ》を伝ひ鳴きつつもとな（うぐいすが梢を伝ってむやみに鳴くよ）」〔十・一八二六〕のように、上代の歌の表現として無理のないものです。これと同様に、第三句・第四句が挿入句的な条件句になった類例は、順接・逆接を問わず多数あります。
第三句だけが挿入句になった歌も、一つの型として何首か例があります。

28　吾が屋戸《やど》に　咲きたる梅を　月夜良《つくよよ》み　夕々《よひよひ》見せむ　君をこそ待て　〔十・二三四九〕
（我が家の庭で咲いている梅を、月がすばらしくて、夜ごとに見せたいと思う君を待っていることだ）

29　円方《まとかた》の　湊《みなと》の渚鳥《すどり》　波立てや　妻呼び立てて　辺《へ》に近付くも　〔七・一一六二〕
（円方の湊の渚鳥は、波が立ってきたわけでもないのに、妻を呼び立たせて岸に近づいて来るよ）

28の「月夜良《つくよよ》み」は、「……ので」といって理由を提示するミ語法であり、それが「咲きたる梅を―夕々《よひよひ》見せむ」の間に置かれたかたちになっています。29の「波立てや」は反語を表す句であり、それが「湊《みなと》の渚鳥《すどり》―妻呼び立てて……」という描写表現の間に置かれています。どちらの歌でも、第三句を除いても表現は成り立ちます。

以上のように、「はさみこみ」と呼ばれるものは、既に上代で多種多様な機能・形式をもっており、また前後の表現との続きかたもさまざまです。表現を読み進めていて、どこからどこまでが「はさみこみ」の部分なのかがわかれば、とりあえずそれを取り除いて解釈するということで、大きい問題は生じません。

第二章　ことばは絶えず変化を続ける

「雉《きじ》」の呼び名の変化

この章では、さまざまな面で起こったことばの変化を、上代語と中古語の例を見ながら確認していくことにします。初めに取り上げるのは、語形に起こった変化のうち、語を構成する音節数が減少した例です。

『古事記』には、「行ったきりで、戻って来ない使い」という意味の、「雉の頓使《ひたつか》ひ」という諺《ことわざ》が出ています。また、現在もごくたまに使われる言いまわしに、「雉も鳴かずば打たれまい」というのがあります。「余計なことを言わなければ、厄介《やっかい》な事態を招くことはあるまい」の意です。「雉」という鳥は、かつての日本人にとって身近なものだったわけです。この鳥は日本特産で、色彩のとても美しい鳥であり、国鳥にも選定されています。

このように日本人によく知られた「雉《きじ》」ですが、上代では「きぎし」という三音節の語でした。文献を調べてみると、「きぎし」から「きじ」へという語形の変化は中古になってから起こったことがわかります。

『古事記』の歌謡に、「野の鳥である雉は鳴き声を響かせる」という意味の「さ野つ鳥岐芸斯《きぎし》は響《とよ》む」〔記二〕という表現が見えます。また、『日本書紀』の歌謡にも、「浅野の枳《き》々《ざ》始《し》響《とよ》もさず……」〔紀一一〇〕という似た表現が出ています。さらに、『万葉集』に載っている東国の歌に「吉芸志《きぎし》」〔十四・三三七五〕とあり、中央の歌にも「片山雉《かたやまきぎし》」〔十二・三二一〇〕と詠み込まれています。「片山雉」は歌の第二句であり、漢字の本文のままです。「雉」を「きじ」と二音節に訓じれば、字足らずの句になってしまいます。ですから、どうしても「きぎし」と三音節に訓じるしかありません。『万葉集』にほかに六例ある「雉」「鴙」の場合も、音数律上の状況はまったく同じです。上代語では、すべての例が三音節の語形で用いられていたと判断されます。

中古の文献には、上代語と同じ「きぎし」のほかに、「きぎす」という呼び名も出ています。『拾遺和歌集』の歌に「春の野にあさるきぎすの妻恋《つまご》ひに（春の野で餌《えさ》をあさる雉が、妻となる雌《めす》を求めて）……」〔一・二一〕とあり、『和名類聚抄《わみょうるいじゅしょう》』という百科事典にも、「雉」の項目に、

1　岐々須、一云岐之、野鶏也。　〔十巻本・巻第七〕

という説明が見えます。この説明は、「きぎす、あるいはきじとも言う。野にいる鶏である」の意です。伝統的な言いかたは「きぎす」であり、「きじ」はそれが変化した語形だ、というような認識が事典の編者にあったかと思われます。

中古では、『古今和歌集』の「飛び立つきじのほろろとぞ鳴く」〔十九・一〇三三〕という例のよ

うに、二音節の「きじ」が使われるようになります。そして、三音節の「きぎし」「きぎす」は姿を消していきます。

用例を見る限りでは、最も古いのは「きぎし」であり、それが中古に入ってから「きぎす」という別形を派生したのだろう、と推定されます。別形を派生するにあたっては、文献にもよく登場する「うぐひす」「ほととぎす」「からす」その他の、「――す」という鳥名への類推が働いた可能性があります。一方、もとの「きぎし」にイ音便が起こって「きいし」となり、それがつまって「きじ」になった、と考えられます。

「きぎし」から「きじ」ができた音韻的な状況によく似たものに、現代語でも使う「ついでに」という言いかたの変化があります。「ついで」は、「継ぎて」にイ音便が起こると同時に、末尾の「て」が濁音化することによってできた語です。その変化は、中古の早い時期に生じています。

また、「きぎし」から「きじ」への変化に似た別の例として、「まじ」という助動詞の成立も参考になります。「まじ」は、現代語で「そう簡単には行くまい。」などと使う、中世以降に見られる「まい」の古形です。

「まじ」はもともと、「忘らゆ麻《ま》旨《し》珥《じ》（忘れられないだろう）」〔紀一一九〕や「行きかつ麻《ま》思《し》自《じ》（行くことができないだろう）」〔十四・三三五三〕などのように、上代語では「ましじ」と言いました。「まし」と「じ」という二種の助動詞が重なったものであり、それは『万葉集』の歌に見えるものだけでも十五例を数えます。二語が重なったものの使用頻度が高いために中古に入って二音節化し、『古今和歌集』仮名序の「えあるまじきことになむ（ありえないことである）」、『竹取物語』の「たはやすく見るまじきものを（たやすく見られるはずもないのに）……」〔二〕、『伊勢物語』の「女のえ得《う》まじかりけるを（女の、男が手に入れられそうにもなかった人を）……」〔六〕などのように使われました。

上代の「まじし」から中古の「まじ」へ、さらにその「まじ」から中世の「まい」へ、という二段階にわたる語形変化が起こったわけです。

語形の短縮化

「きぎし」から「きじ」へという語形の変化は、単純に言えば語形の短縮化です。この種の変化は、長い日本語の歴史のうえで頻繁に起こっています。たとえば、同じく上代から中古にかけて短縮化が起こり、現代語にもその短縮形が継承されている例として、果物の「苺《いちご》」という呼び名や、水草の「蓮《はす》」という呼び名があります。

「苺」はもともと、「いちびこ」という四音節の語でした。『日本書紀』に「蓬蔂丘《いちびこのをか》」と呼ばれる丘が出てくるのですが、同書の編者がそれに注を付して、「蓬蔂、此《ここ》には伊致寐姑《いちびこ》と云ふ」と解説しています。漢語の「蓬蔂」は日本の「いちびこ」にあたる、という意味の解説です。中古の早い時期に編纂された『新撰字鏡《しんせんじきょう》』という字書にも、「苺」の字に「一比古」という訓が付けてあります。

それ以降には、語形が短縮化して「いちご」という三音節語になりました。具体的な例としては、

2　見るにことなること無きものの、文字に書きてことごとしきもの、いちご、つゆくさ……〔一五四〕

という『枕草子』の文があります。「実際に見ると特別なものではないのに、文字で書くと大げさなのは、いちご、つゆくさ……」の意の、よく知られた章段に見える文です。「いちご」を漢字で「覆盆子」と書き、「つゆくさ」を漢字で「鴨頭草」と書くのは、見るからに「ことごとし」いというのです。確かに、当時やそれ以降の字書を見ると、「苺／苺子」「覆盆子」などに「イチゴ」という訓が付いています。しかし、四音節の「いちびこ」という語形は、もう文献には見えません。古い「いちびこ」に撥音便《はつおんびん》が起こって一時的に「いちんご」となり、さらには三音節につまって「いちご」となった、という過程が想定できます。

似た変化を経てできた語として、右にもあげた水草の「蓮」があります。この語は、『古事記』の歌謡に、

3　日下江《くさかえ》の　入江《いりえ》の波知須《はちす》　波那婆知須《はなばちす》　身の盛り人　羨《とし》しきろかも　〔記九五〕

（日下江の入江にある蓮、その花蓮のように身に生命力のあふれる人が、何とも羨ましいよ）

とあるように、「はちす」という三音節の語でした。第三句の「はなばちす」は「花蓮」で、「花の咲いた蓮」の意の複合語です。また、『万葉集』には、五音節の句として訓じなければならない第三句を、「蓮無」と二字で表記した歌があります。この場合も、「蓮」を「はちす」と三音節に訓じ、句の全体を「はちす無し」としなければ、結果的に字足らずの句になってしまいます。

「はちす」は、「蓮」の花が散ったあとに残る、花托《かたく》という土台の部分が蜂の巣に似ていること、つまり「蜂巣《はちす》」に似ていることに由来するとされています。十二世紀の初めに書かれた『俊頼髄《としよりずい》脳《のう》』という歌学書にも、

4　はすをはちすといふは、ただいふにあらず。はすの実の、蜂といふ虫の巣に似たればいふなり。

という説明が見えます。説明の前半の「はすをはちすといふは」という表現からは、「蓮」は一般に「はす」と呼んでいるが、というようなニュアンスが読み取れるようです。後半は、「蓮の実が、蜂という虫の巣に似ているからそう呼ぶのだ」の意です。

中古の字書には、「荷」の字を「ハチス俗ハス」と説明しているものがあります。厳密には、「荷」は葉をさし、「蓮」は花をさし、「藕」は根をさす、という区別があります。しかし、それはともかくとして、この「荷」に付された説明によると、伝統的な語形は「はちす」であり、「はす」は俗語です。確かに、中古の歌語としては「はちす」が使われており、

5　はちす葉の　濁りに染《し》まぬ　心もて　なにかは露を　玉とあざむく　〔三・一六五〕
（蓮の葉が、泥の濁りにも染まらない清い心をもっているのに、なぜ露を玉だと見せて人をあざむくのか）

という『古今和歌集』の歌がよく知られています。一般に、語形の短縮化した「はす」は歌には使われず、日常の会話で普通に使われたものと思われます。

中古では、「蓮」が仏教と深く結び付いていました。その影響かと思われますが、当時は「はちすのくき」「はちすのね」「はちすのは」「はちすのみ」「はちすのはひ」などの言いまわしが用いられました。そのことは、これらの表現が当時の文献によく見えることからわかります。事実、右に引用した5の歌が『法華経』の内容を意識したうえで詠まれたものだということは、歌の世界の常識になっています。

『枕草子』には、「はすの葉の裏に……」〔三四〕とあり、また「一切経をはすの花の赤き一花づ

つに入れて……」〔二七八〕ともあります。あとの例は経典に直接にかかわる表現であるにもかかわらず、新形の「はす」を使っています。歌ではなく散文なので新形を使ったのでしょう。

このように、「蓮」の場合は、もとの「はちす」が新形の「はす」にすっかり取って代わられた、というわけではありません。二つの語形は、表現の場によって使い分けられたのです。その点では、「きぎし」と「きじ」との関係や、「いちびこ」と「いちご」との関係、さらには「まじ」と「まじ」との関係とは異なります。語によって、新旧二つの語形の使用状況はさまざまでした。

「にほふ」「にほひ」の意味

続いて取り上げることばの変化は、「匂《にお》う」という動詞と、その連用形が名詞になった「匂い」とに起こった変化です。これらは、上代語でも使われた「にほふ」「にほひ」が現代語にまで継承されたものです。しかし、歴史的に見れば、それなりの変化を経験して現代に至っています。

「にほふ」「にほひ」に語形の変化が起こったことは、現代語の「におう niou」と上代語の「にほふ niΦoΦu」とを比較しただけでも一目瞭然ですが、ここで確認したいのは意味上の変化です。現代語で嗅覚《きゅうかく》的な意味を表すのに用いられる「匂う」「匂い」は、もともと視覚的な意味を表していた「にほふ」「にほひ」が変化したものだ、ということです。[*1]

同じく人間の感覚を表す語ではあっても、視覚的な意味から嗅覚的な意味へというのは、決して小さい変化ではありません。「にほふ」「にほひ」の意味上の変化は、高等学校の古典の授業で必ず説明されると言えるような、初歩的で基礎的な知識の一つになっています。ですから、少し詳しくその変化を見ておきましょう。

「にほふ」「にほひ」に起こった、視覚的な意味から嗅覚的な意味への変化は、上代の終わりあたりに始まりました。その変化は急なものだったらしく、中古にはかなりの割合に及ぶ例が嗅覚的な意味を表すものになっています。

「にほふ」「にほひ」は、『古事記』『日本書紀』にはたまたま例が見あたりません。これに対して、『万葉集』の歌には多数の例が見えます。「にほふ」「にほはす」とそれらが他の動詞と重なったものとが六十五例あり、連用形が名詞に転じた「にほひ」も十例あります。

その計七十五例のなかに、「にほ」の部分を「丹穂」と表記したものが十三例含まれています。しかし、偶然そのように表記されたのではありません。もともと、「に」は赤い色をさす語であり、「ほ」は突き出て目立つものをさす語ですから、それを単純に文字化すれば「丹穂」となります。「にほふ」は、「赤い色が目に映える」という意味の語だったのです。[*2]

動詞の「紅《くれなゐ》に丹保敝流《にほへる》山の（紅に色づいた山の）……」〔八・一五九四〕も、名詞の「秋の葉の尓保《にほ》比《ひ》に照れる（秋の葉が赤く照り映えている）……」〔十九・四二一一〕も、目に映える紅葉の美しさを描写したものです。また、「娘子《をとめ》らが笑《ゑま》ひの尓保比《にほひ》……」〔十八・四一一四〕は女性の笑顔の美しさを表し、「筑紫《つくし》なる尓抱布児故《にほふこ》に（筑紫にいる美しい娘のために）……」〔十四・三四二七〕は女性の容姿のすばらしさを表しています。あとにあげた二例では、本来の意味が転じて、「にほひ」「にほふ」が少し抽象的な意味を表すものになっています。しかし、それでもまだ、もとのように視覚的な意味を表す語として使われています。

用例の多い『万葉集』でも、嗅覚的な意味に転じていたと明確に言える表現は、ほとんどありません。そうしたなかで例外的なのは、

6 橘《たちばな》の　尓保敝流香可聞《にほへるかかも》　ほととぎす　鳴く夜の雨に　移ろひぬらむ　〔十七・三九一六〕

（橘の花の香は、ほととぎすが鳴く夜の雨でもう消えてしまっているだろうか）

という歌の表現です。柑橘《かんきつ》類の「橘」について「にほへる香《か》」と述べており、漢字の本文でも万葉仮名のなかに「香」の字が使われています。「香」は嗅覚的な意味を表す字ですから、「にほふ」を嗅覚的な意味で使ったものだと認められます。同じく「橘」を詠み込んだ「香細寸《かぐはしき》花橘を……」〔十・一九六七〕でも、形容詞の「かぐはし」の「か」に「香」の字を使っています。『古事記』の「迦具波斯《かぐはし》花橘を……」〔記四三〕でも「橘」を詠み込んでおり、「かぐはし」は嗅覚的な

＊1　「にほふ」「にほひ」の表記に用いたΦは、上下の唇を近付けて発音する子音です（↓一三三ページ）。
＊2　漢字の「穂」は「穗」とも書き、その「穗」は「禾（穀物）の惠《めぐみ》」をさすと説明されています。

意味のものだろうと推測できます。

また、『万葉集』では、「におうような（美しい）娘」という意味の「香未通女《にほえをとめ》」〔十三・三三〇五〕が、すぐあとに出ている別伝では「尓太遙越売《にほえをとめ》」〔十三・三三〇九〕と表記されています。「香」が「にほえ」に対応しているわけです。このことから、「香」が「にほふ」「にほゆ」とも訓じられたことが明らかです。[*3]

『万葉集』には、やはり嗅覚的な意味を表す「薫」を「にほふ」にあてた、きわめて有名な歌があります。

7　青丹吉《あをによし》　奈良の都は　咲く花の　薫如《にほふがごとく》　今盛りなり　〔三・三二八〕

（〈あをによし〉奈良の都は、咲く花が香るように今がまっ盛りである）

「にほふ」が「薫」で表記されていますが、ここの「にほふ」は本来の視覚的な意味と嗅覚的な意味との双方を表すものだろう、と解釈されています。「丹《に》つつじの将薫時《にほはむ》の（赤いつつじがにおう時の）……」〔六・九七一〕にも「薫」があてられており、この「にほふ」も同じように解釈されています。

右にあげたいくつかの例をもとにして総合的に考えると、視覚的な意味を表すものだった「にほふ」が、既に上代語で嗅覚的な意味をも表し始めていた、ということは明らかです。

中古の「にほふ」「にほひ」

『万葉集』の歌での用法を見たのに続いて、今度は中古の歌集である『古今和歌集』を見てみます。すると、動詞の「にほふ」「にほはす」が十七例、連用形名詞の「にほひ」が四例で、計二十一例あります。

中古には「にほふ」の意味・用法が広くなって、視覚・嗅覚の違いにかかわりなく、とにかく花が盛りを迎えていることを「にほふ」と表現した例が、かなり多くなっています。ですから、歌に詠み込まれた「にほふ」「にほひ」が視覚・嗅覚のどちらを表すのに使われたものか、判断の微妙な場合もありそうです。しかし、解説書を見てみると、ほとんどの用例について、研究者の見解が一致しています。

最も明瞭なのは、

8　主《ぬし》知らぬ　香こそにほへれ　秋の野に　誰《た》が脱ぎかけし　藤袴《ふぢばかま》かも　〔四・二四一〕

（主のわからない香りが漂っているが、秋の野に誰が脱ぎかけた藤袴なのだろうか）

＊3　「にほえをとめ」の「にほえ」は、「にほふ」の別形である「にほゆ」の連用形だと考えられます。

9　蝉《せみ》の羽の　夜の衣《ころも》は　薄けれど　移り香濃くも　にほひぬるかな　〔十七・八七六〕
（蝉の羽のように夜着は薄いけれども、あなたの移り香が濃く匂ったことです）

のように「香《か》」について「にほふ」と表現している場合であり、六首がそのような歌になっています。同書の仮名序に見える、

10　萎《しぼ》める花の色無くて、にほひ残れるが如《ごと》し。
（萎んだ花の色がなくなって、芳香が残っているようなものだ）

は名詞の「にほひ」の例であり、嗅覚的な意味で使われています。この部分に対応する、漢文で書かれた真名《まな》序の、

11　如萎花雖少彩色、而有薫香。
（萎《しぼ》める花の彩色少なしといへども、薫香あるが如し）

という表現によって、そのことが確認できます。[*4]

また、

12　梅の花　にほふ春べは　くらぶ山　闇《やみ》に越ゆれど　著《しる》くぞありける　〔一・三九〕
（梅の花の香る春には、くらぶ山を闇のなかで越えても、梅のありかがはっきりとわかる）

という歌には「香」が詠み込まれていません。しかし、「闇」のなかでも梅の花の咲いているのがわかったと述べているので、「にほふ」は嗅覚を表したものだと判断できます。同様にして、嗅覚を表していることがその内容から明らかになる歌が、五首あります。結局、嗅覚を表す「にほふ」「にほひ」は、計十一例に及びます。残る十例は、視覚を表す例か、視覚・嗅覚の違いが確認できない例か、のどちらかに属します。

こうして、『古今和歌集』では半数の例が嗅覚を表すものになっていることがわかります。『万葉集』での意味・用法と比較すると、「にほふ」「にほひ」の例数の差は大きいものの、全体の割合から見ると、嗅覚を表す新しい用法が格段に増加しています。

これは、改めて言うまでもなく、中古に入って「にほふ」「にほひ」の表す意味に大きな変化が起こりつつあった、ということを示す現象です。次の中世には、対象が発していると感じられるものの多くを「にほひ」と表現する、というように用法がさらに拡大します。そして、視覚・嗅覚だけでなく、耳に入ってくる音がもつ魅力、つまり聴覚で好ましいと認識したものを「にほ

＊4　「真名」は「仮名」に対する言いかたで、漢字をさします。真名は正式の文字であり、仮名は私的な仮りの文字だと古くは考えられていました。

ひ」と表現した例も、少数ながら現れてきます。

現代語では、同じく嗅覚でとらえる場合でも、快いと感じられる場合に「匂う」「匂い」と書き、不快だと感じられる場合に「臭う」「臭い」と書くのが一般的になっています。このうちの「匂」という字は、「国字」とか「和字」とかと呼ばれるもので、中国ではなく日本で作られた字の一つです。もともとの「匂」は、「ととのう」という意味を表す漢字の「匀」を転用したもので、「にほふ」「にほひ」を表記するのにあてていました。「匂」はあとでその字形を改めたものであり、その「匂」は既に中古の文献に見えます。

「もみち（紅葉）」という語

次には、ある語に含まれる特定の音節が、清音から濁音へ、あるいは濁音から清音へ、と変化してしまった例を、いくつか見てみます。清濁の変化も語形変化の一種です。

清音から濁音へ変化した例として、まず「紅葉《もみじ》」という語を見てみます。これはもともと、秋になって木や草の葉が色づくことを意味する、「もみつ」という四段活用の動詞の連用形でした。連用形名詞である「もみち」の末尾が中古に入ってから濁音化し、「もみぢ」という語形になりました。その後、「ぢ di」と「じ zi」とが一音に合流してしまったので、現代では「もみじ」と表記しています。

『万葉集』の歌に、「吾が見し草は毛美知多里家利《もみちたりけり》（私が以前に見た草は色づいたなあ）」〔十九・四二六八〕という例があります。「もみつ」の連用形である「もみち」に、助動詞の「たり」と「けり」とが重なって付いています。言うまでもなく、「毛美知」の「知」は清音の「ち」に用いる字です。また、「若かへる手《て》の毛美都麻弖《もみつまで》（若い楓《かえで》が色づくまで）……」〔十四・三四九四〕という例では、「もみつ」の連体形に助詞の「まで」が付いています。「毛美都」の「都」も清音の字です。「秋山の毛美知《もみち》をかざし……」〔十五・三七〇七〕や「母美知《もみち》取りてむ」〔十九・四二二二〕は、連用形名詞に転じた「もみち」の例です。

「もみつ」の例は、『万葉集』に二十ほどあります。しかし、これらのように一字一音の万葉仮名で表記された例は、むしろ僅少です。「黄変」「黄反」「黄葉」「黄色」その他の、文脈に適切な活用形を判断しながら訓ずべき例が、ほとんどを占めているからです。「もみつ」は視覚に訴える、風情のある現象であるために、どの文字遣いもそのニュアンスを視覚面に反映させようとしたものだと思います。

興味深いのは、動詞の「もみつ」にしても連用形名詞の「もみち」にしても、多くの例が「黄」の字を含んでおり、「紅」「赤」などの字を含む例がきわめて少ない、という事実です。しかし、現代では「紅葉」と書くのが普通であるように、我々は「もみじ」という語からは赤い色を連想しがちです。ですから、上代では「もみつ」「もみち」に「黄」が用いられたというのは、意外な感じがします。ただし、それは上代人と現代人との認識の違いを反映するものだ、としか言いようがないことです。

ところで、古語辞典の類では、中古以降は「もみち」の末尾が濁音化して「もみぢ」となった、というように説明されています。しかし、その濁音化が起こった時期を細かく知ることは、なかなか困難です。それは、歌集では一般に平仮名を使って歌を書いているのに、平仮名の文献では「゛」という濁点を使わないのが普通だからです。それで、「もみち」と書いてあっても、清音の「もみち」なのか濁音化した「もみぢ」なのかは、表記のうえでは判断できないのです。たとえば、『古今和歌集』の「つひにもみちぬ松も見えけれ（結局は色づくことのなかった松が見える）」〔六・三四〇〕は動詞の例ですが、これだけでは語尾が「ち」なのか「ぢ」なのか不明です。

そうした理由で、当時の語の清濁を知るためには、濁点を用いている字書を確認する必要が生じます。字書は学問を身につけるために作られたものですから、清濁の違いにも神経を使っているのが普通です。

院政時代に編纂され、それが鎌倉時代に改編された『類聚名義抄《るいじゅみょうぎしょう》』という字書を見てみると、「黄草」に添えられた多数の訓のなかに「モミツ」の訓が含まれており、その「ツ」には濁点が付けられています。当時は「もみづ」だったことが明らかです。また、「黄葉」にも「紅葉」にも「モミチハ」の訓が付されており、どちらの訓の「チ」「ハ」にも濁点が付されています。少なくとも鎌倉時代には、第三・第四の音節がともに濁音化して「もみぢば」となっていたわけです。この複合語は、「毛美知婆《もみちば》の散らふ山辺ゆ（紅葉が散り続ける山辺から）……」〔十五・三七〇四〕

という例のように、前代の『万葉集』では「もみちば」となっていたものです。*5

上代の文献では清音・濁音を万葉仮名で書き分けるのが一般的ですから、特定の音節が清音・濁音のどちらだったのか、判断するのは比較的容易です。しかし、中古以降に平仮名で書かれた文献では濁点を使わないのが普通であり、清濁に関する判断はやや面倒になります。それでも、しかるべき手続きを踏んで調査すれば、現代語の「輝《かがや》く」「脱《ぬ》ぐ」「注《そそ》ぐ」などが上代語では「かかやく」「ぬく」「そそく」であり、のちに一部が濁音化したのだ、ということが明らかになります。これとは逆に、現代語の「滴《したた》る」は、古くに第三音節が濁音で「しただる」という語形だった、ということも確認されています。また、「目《ま》叩《たた》く」に由来する「瞬《またた》く」は、古くに「まだたく」という語形をもっており、時代によっては「まだたく」「またたく」の両形が共存したことが、字書・辞書の記事からわかります（→八八ページ）。古典語と現代語とでは、語の清濁が異なることも少なくないのです。

語の取り替え

ことばの変化という範疇《はんちゅう》に入るものには、以上で取り上げたのとは異なる変化があります。つ

*5　言うまでもなく、「婆」は濁音にあてる字です。

まり、本来の音節数が減少したり音韻的な変化にさらされたりした結果、古い語形が捨てられ、同系の新しい語形が使われるようになる、というのとは異なる変化です。具体的に言うと、特定の概念を表す語が、まったく別系の、かつ別形の語に取って代わられるという変化です。

そのような変化が起こった具体的な例としてしばしば言及されるのは、「男」「女」という概念を表す語の取り替えです。

とても古い語ですが、『続日本紀』に載っている「宣命《せんみょう》」や、『延喜式《えんぎしき》』に載っている「祝詞《のりと》」に、「神《かむ》ろき」「神ろみ」という、男と女のペアの神をさす語が、くり返し出てきます。天皇家の崇拝する男と女の祖神、あるいは太古の男神と女神を意味する語です。「神魯岐《かむろき》、神魯弥命《かむろみのみこと》」〔十詔〕、「神漏伎《かむろき》、神漏美乃命《かむろみのみこと》」〔大祓〕が太古の天界にいて、地上界の支配を自分たちの子孫に命じたので、それ以来ずっと天皇による地上支配が続いている、という文脈に現れる神です。神名に用いられた「魯」「漏」という万葉仮名は、助詞「の」に相当する、古い助詞の「ろ」にあてたものです。「岐」「伎」は男性を意味する「き」にあてた万葉仮名で、「弥」「美」は女性を意味する「み」にあてた万葉仮名です。

「神ろき」「神ろみ」では、末尾の「き」「み」の違いだけで男と女とを区別しています。この「き」「み」は、文献で確認できる限り、男と女を意味する最も古い語です。

同じ「き」「み」は、別の神の呼び名にも使われています。日本神話のなかで国土を創成したと語られている男女のペアの神には、「いざなき」「いざなみ」という名前が与えられています。

その男と女の創成神は、『古事記』の神話では「伊邪那岐神《いざなきのかみ》、伊邪那美神《いざなみのかみ》」と表記され、『日本書紀』の神話では「伊奘諾尊《いざなきのみこと》、伊奘冉尊《いざなみのみこと》」と表記されています。「いざ」は「さあ」と言って相手を誘う語であり、「いざという時」とか「いざ鎌倉」とかというように、現代語でも使われています。「な」は「の」に相当する助詞です。「さあ、国を作ろう」と言ってたがいに誘い合って国土を産み出した男と女、という意味の神名です。

二種のペアの呼び名を、わかりやすく対照して示します。

かむろき――かむろみ

いざなき――いざなみ

天皇や皇室の祖先のことを、『万葉集』の歌では「須売呂伎能御代《すめろきのみよ》栄えむと……」（十八・四〇九七）や「よばひせす吾天皇寸与《わがすめろきよ》」（十三・三三一二）のように、「すめろき」と呼んでいます。ほかの語でも「すめ」は多く「皇」という字で表記されており、「ろ」は接尾辞です。「すめろき」の「き」は、男性を意味する「き」だと考えられています。

また、「かたき（敵）」は、もともと「対になる二人のうちの片方」の意を表す語であり、これの「き」も男性を意味する「き」だと考えられています。[*6]

対になる人の呼び名

男女を言い分ける「き」「み」は、上代語でも既に単独で使われることはなくなっており、右のように複合語を構成する要素としてのみ残っています。それだけ由来の古い語だということです。

「き」「み」を含む複合語は、実は現代語にも継承されています。継承されているのは、神やその系統に属する存在をさす語としてではなく、人間をさす呼び名の一部としてです。「おきな」「おんな」の二語がそれです。

「おきな（翁）」は年をとった男性をさし、「おんな（女）」はもと「をみな」で、若い女性をさしました。『万葉集』に「於伎奈《おきな》」〔十八・四一二八〕、「乎美奈《をみな》」〔二十・四三一七〕とあるように、第一音節に「お o」と「を wo」との違いが当時ありました。「をみな」はのちに語形変化を起こして「をむな」「をんな」になり、さらに現代語でも使っている「おんな」へと変化しました。

実は、古代語で「おきな」の対になるものは、若い女性をさす「をみな」ではなく、年をとった女性をさす「おみな（嫗）」でした。どちらも「お」で始まり、「き」「み」で男と女とを区別していました。末尾の「な」は、人の呼び名に付ける接尾辞のようなものです。

一方、「を」で始まり、若い女性をさす「をみな」にも、意味の面で対になる語がありました。それは「をぐな」で、『日本書紀』に「童男、此《ここ》には烏具奈《をぐな》と云《い》ふ」という万葉仮名の注記が見えます。年をとった男性は「おきな」、若い男性は「をぐな」という関係ですが、第二音節の「き」と「ぐ」とは例外的な対応です。男性を表す「き」に別形の「く」があり、その「く」が濁音化したのでしょう。

おきな――おみな
｜　　｜
をぐな――をみな

ところで、男と女とを表す語として、上代語でもよく使われたのは「を」「め」です。これは、同時に夫と妻とをさすこともありました。「を」「め」の用法がきわめて多様であることから、「き」「み」に代って使われるようになった語だろう、と考えられています。「を」「め」の対は、「雄鳥《おんどり》」「雌鳥《めんどり》」や「雄《おす》」「雌《めす》」などの現代語にも継承されています。

＊6　ただし、「かたき」は中古になってから文献に現れる語です。

「を」「め」を含む複合語や熟語は多数ありましたが、人間の男と女とをさすのに最も多く使われたのは「をとこ」「をとめ」の対です。「をとこ」は若い立派な男性をさし、「をとめ」は若い未婚の女性をさすのが基本でした。この場合は、「を」と「め」とではなく、「こ」と「め」とで男と女とを区別しました。「をと」の部分は、「若返る」という意味の動詞「をつ」と同系の語であり、その動詞は『万葉集』で「薬食《は》むともまた遠知《をち》めやも（薬を飲んでもまた若返ることなどあろうか）」〔五・八四七〕というように使われています。

「をとこ」「をとめ」に似た語に、「男《を》の子《こ》」「女《め》の子」のペアもありました。しかし、こちらは高い身分の「男」「女」には使わず、従者や召使いをさすのが一般的でした。当時の複雑な身分制度のうえでは、そのように使い分ける別の語が必要とされたのだと思います。

をとこ——をとめ
｜　　　｜
をのこ——めのこ

その後、一般に男と女をさす語として「をとこ」はずっと使われ続けましたが、「をとめ」は「をみな」に取って代られました。そのことを最も端的に示すのが、男と女をペアにして詠み込

んだ、

13　秋野には　今こそ行かめ　もののふの　乎等古乎美奈《をとこをみな》の　花にほひ見に〔二十・四三一七〕
（秋の野には、今こそ出かけよう。宮仕えをする男女の、みごとに目に映える姿を見に）

という『万葉集』の歌です。『古今和歌集』に見える「をとこをむなのなかをもやはらげ……」〔仮名序〕という表現や、『土佐日記』の冒頭に見える、

14　をとこもすなる日記といふものを、をむなもしてみんとてするなり。

という文は、それを引き継いだものだと言えます。
「をとこ」と語形のうえで対になるのは、言うまでもなく「をとめ」です。人々はその語形上のバランスを捨てて、「をとこ」と対になる意味を表す語として、結果的に「をみな」「をむな」を選択したわけです。人々が「をみな」「をむな」を選択した理由について、あれこれ推測を述べている研究者もいます。しかし、確かなところは不明です。

「――ずけり」から「――ざりけり」へ

ことばの変化の最後に、文法的な現象に関する時代的な変化も見ておきましょう。文法的な変化の例はいくつもありますが、ここで確認するのは、助動詞の接続のしかたに起こった変化です。まずは、二つの助動詞が重なって使われる時の、両語の接続のしかたを見てみます。この点には、明瞭な時代的変化が認められるからです。

『万葉集』の歌には、「孤悲夜麻受家里《こひやまずけり》」〔十七・三九八〇〕つまり「恋止まずけり（恋の思いは止まないことだ）」という句や、「母等米安波受家牟《もとめあはずけむ》」〔十七・四〇一四〕つまり「求めあはずけむ（探し出せなかっただろう）」という句が見えます。これらの表現では、それぞれ二種の助動詞が重なったかたちの「――ずけり」「――ずけむ」が用いられています。こうした助動詞の重ねかたは上代語に特有のものであり、打消しの「ず」と「けり」「けむ」とを直接に重ねることが可能だったのです。

しかし、中古語ではそれが許されなくなっていました。ですから、打消しの「ず」とほかの助動詞をつなげるためには、「ず」と「あり」とが結び付いて成立した「ざり」を用いて、「――ざりけり」「――ざりけむ」としなければなりませんでした。『竹取物語』の「もつともえ知らざりけり（まったく知らなかった）」〔二四〕や『伊勢物語』の「なほや忘れざりけむ（やはり忘れられなかったのか)」〔二二〕などのようにです。

上代語で「――ずけり」「――ずけむ」という接続が可能だったとすると、漢字のみで書かれた、『万葉集』の歌の本文を適切な表現として訓じうる、という例がいくつか出てきます。たとえば、

15　咲く花も　をそろは厭《いと》はし　おくてなる　長き心に　尚不如家里《なほしかずけり》　〔八・一五四八〕
(咲く花でも、早咲きのものは嫌です。遅咲きの長く変わらぬ花の心には、やはり及びません)


という歌の第五句「尚不如家里《なほしかずけり》」では、「尚《なほ》」と「家里《けり》」の訓じかたは明確ですが、この句に含まれる「不如」の二字を訓じるには、それなりの工夫が必要です。

「百聞は一見に如《し》かず」のように、古くから「如」は「及ぶ」という意味の動詞「如《し》く」の表記に用いられています。そこで、中古語の一般的な語法に従って、15の歌の「不如」を「なほ如かざりけり」と訓じてしまいがちです。しかし、その「なほ如かざりけり」は字余りの句ですから、定型句になる別の訓じかたをあれこれ模索するということになりかねません。そうした場合に、上代語に「――ずけり」という言いまわしがあることを知っていれば、躊躇《ちゅうちょ》することなく「なほ如かずけり」という定型句として訓じることができます。

別の歌に見える「宿不勝家牟」〔四・四九七〕という第五句でも、『万葉集』の表記のありかた

から見て、「宿《いね》」「家牟《けむ》」の訓じかたは明確です。これらに挟まれた「不勝」は、「……できない」の意の表現として頻繁に使われており、文脈に応じて「……かてず／……かてぬ／……かてに」などと訓じられます。これは、『古今和歌集』の「寝《ね》ねかてにする（眠ることができない）」〔四・二二〇〕のように、中古の歌にもよく使われた表現です。

この「宿《いね》不勝家牟《けむ》」の場合も、中古語の一般的な語法に従って「寝ねかてざりけむ」と訓じやすいのですが、その訓ではやはり字余りの句になってしまいます。しかし、上代語の言いまわしを知っていれば、ただちに定型句として「寝ねかてずけむ（寝られなかっただろう）」と訓じることができます。

「ず」が別の助動詞と直接に結合することができたということは、別の例にも応用することが可能です。つまり、「――ずけり」「――ずけむ」が可能な表現だった以上、「ず」と「き」とが重なった「――ずき」もありえたはずです。そのことを適用すれば、

16　現《うつつ》にも　夢にも吾は　不思寸《き》　古《ふ》りたる君に　ここに会はむとは　〔十一・二六〇一〕

（現実にも夢にも、私は思いませんでした。昔からなじみのあなたにここで会うとは）

という歌の第三句の「不思寸《き》」も、「き」と訓じるしかない万葉仮名の「寸」を手がかりにして、「思はずき」という定型句として訓じることができます。中古語の語法ならば、『古今和歌集』の「嵐

の風も聞かざりき。」〔十九・一〇〇三〕のように、「思はざりき。」と字余りに訓じてしまうところです。

このような文法上の変化は、上代語から中古語にかけていくつも起こりました。歌はそれぞれの時代の文法や言いまわしに従って詠まれていますから、各時代の語法を踏まえてかからなければ、作者の意図したとおりに歌を復元することはできませんし、正しい解釈を導くこともできません。

第三章　一つの語が多くの別語を生む

日本語の語源とは

この章で取り上げるのは、漢語でも片仮名の語でもなく、本来の日本語である大和《やまと》ことば・和《わ》語《ご》の語源に関する話題です。

語源とは、具体的に言えば「語の起源的な形や意味」のことですが、わかりやすく言えば「ことばの由来」をさします。動詞の例で言うと、たとえば「瞬《また》く」「補《おぎな》ふ」「耕《たがや》す」の語源は、それぞれ「目叩《またた》く」「置き縫《ぬ》ふ」「田返《たかへ》す」です。

ごく短い時間を、「瞬く間《またたくま》」と言います。その「瞬く」という動詞は、目を開けたり閉じたりするのを、「目を叩《たた》く」と見なしたもので、古い語形は「まだたく」でした（→七五ページ）。近世になって、「たたく」に似た意味・語形をもつ「はたく」が使われるようになると、「まばたく」という言いかたも出てきました。

「補ふ」の語源である「置き縫ふ」は、布の裂けめに別の布を置いて縫い合わせる、という行為をそのまま描写したものです。古い文献には、ほかに「おきなふ」という語形も見えます。現在の「おぎなう」という語形は、近世になって一般化したものです。

「耕《たがや》す」の語源はもっと単純であり、田の土を掘り返すという意味の「田返す」に由来します。「返《かへ》す」の別形に「かやす」があったことは文献で確認できますから、現代の語形はその「田返《かや》す」に由来するものかも知れません。

名詞の例では、「弟《おとうと》／妹《いもうと》」は「弟人《おとひと》／妹人《いもひと》」に、「札《ふだ》」は「文板《ふみいた》」に、そして「一日《ついたち》」は「月立ち」にそれぞれ由来します。紅葉する植物の「楓《かえで》」は、形状が蛙《かえる》の手に似ているところから、もとは「蛙手《かへるで》」と呼ばれていました。『万葉集』に、「吾が屋戸《やど》に黄変《もみ》つ蝦手《かへるで》見るごとに（吾が家の庭で色づいた楓を見るたびに）……」（八・一六二三）という例があります。のちに第三音節の「る」が「ん」となって消え、現在の「かえで」に変化しました。

これらの語のどれも、いわゆる「音便《おんびん》」の現象がそれぞれの複合語に起こったために、本来の構成がわかりにくくなっています。

語源を詳しく調べていくと、一見して直接の関係がないように思われる複数の語が、時代を遠くさかのぼれば、互いに同じ語から生まれたものであることがわかる、といったことがしばしばあります。あの語とこの語とは語源が同じだ、同源だ、などと言われる場合がそれにあたります。この章では、右にあげたような個々の語の起源ではなく、研究者によって互いに起源的な関係が認められている和語のグループを、いくつか扱うことにします。[*1]

＊1　複数の語が同源であることは、人間に喩《たと》えれば、誰かと誰かとが同じ人物を先祖にもつというような、互いに血のつながりがある場合に相当します。

ただし、日本語の正しい語源を知ることには、なかなか困難な面があります。というのは、インドーヨーロッパ諸語のように、遠い過去に一つの言語から分かれた諸言語に、古い時代の資料が豊富に残っている場合には、多くの語を相互に比較して、さらに古い時代の語形を推定することが可能です。しかし、日本語はその点で不利です。沖縄県で話されている諸方言が本土の諸方言と同系統であり、同じ古い言語にさかのぼる、ということが明らかになっている程度です。つまり、同系に属する多くの言語にめぐまれないために、得られた結論に客観性が乏しいのです。そこに、研究者の個人的な能力・語感に頼って語源の研究を行わざるをえない、という事情があります。日本語の語源の研究には、研究者の推測・想像が入り込みやすいわけです。

右でも述べたように、以下には、同源であることが研究者の間でほぼ認められている語のグループを、いくつか取り上げます。それは、個人の推測・想像をできるだけ排除して語源のことを説明するためです。

和語の語源について考える際には、その語は文献・資料で確認しうる最古の上代語でどのような語形をもっていたのか、ということをとりあえず問題にしなければなりません。上代の文献・資料に見えない語であれば、それはどの時代にどういう語形で使われ始めたのか、ということを確認することになります。

「立つ」と同源の語

「縦《たて》」と「横《よこ》」という反義語／対義語、つまり互いに正反対の意味を表す語が、上代でもよく使われましたし、現代でも頻繁に使われます。上代から継承された基本的な反義語です。この二語について、少し細かく見てみることにしましょう。

『万葉集』の歌には、「縦」「横」のほかに、「縦《たた》さ」「横《よこ》さ」という複合語も見えます。「さ」は方向を示す接尾辞ですから、「縦さ」「横さ」は「縦の方向」「横の方向」という意味です。「垂直の方向」「水平の方向」と言い換えることもできます。

まず、垂直・上下の状態や方向を表す「たて」ですが、「縦《たた》さ」という複合語があることからもわかるように、古い語形は「たた」だったと考えられます。その「たた」は、まさしく「立つ」という動詞と同源の語です。「たた」は「立つ」の古い名詞形だ、と説明する研究者もいます。[*2]

最も基本的な動詞の一つである「立つ」は、上代では人間・動物・植物・煙・波などが垂直な動きをし、また垂直な状態にあることを表すのに用いられています。月・霞《かすみ》・霧・雲・風などに

＊2　古い「たた」が「たて」に変化したのは、「手綱《たづな》」「手折《たを》る」などに含まれる「手《た》」が「手《て》」に変化したのと同じ音韻的な現象です（↓一五七ページ）。

も「立つ」は用いられていますが、それは拡張した二次的な用法でしょう。「佇《たたず》む」という動詞を「立住」と表記した例が、既に『万葉集』の歌に見えます。「たたずむ」の「ずむ」は未詳ですが、『万葉集』の表記にあるように、「住む」ではないかとも言われます。その推測の妥当性はともかくとして、「佇む」が語源面で「立つ」につながるものであることは、意味・音韻の両面から見て明らかです。これを「立住」と表記した上代の人物も、「立つ」との密接な関係を意識したものと思われます。[*3]

「立つ」と同源というよりも、「立つ」に由来すると表現するほうが適切な語には、戦いの時に使う「楯《たて》」もあります。兵士が敵の剣・矢・槍などから身を守るために、自分の前に立てる武具が「立て」つまり「楯」です。『万葉集』の歌には、「大臣たちが（儀式の場で）楯を立てているらしい」の意の、「大臣《おほまへつきみ》楯立《たて》つらしも（楯立良思母）」（一・七六）という例が見えます。「立て」に由来する「楯」について「立つ」を使うのは、現代語の「踊りを踊る」「周《まわ》りを回る」などと同種の言いまわしです（→一七六ページ）。

「立つ」に由来する語として、建物を意味する「館」もあげられます。「館」には、下二段活用に由来する「たて」と、四段活用に由来する「たち」の、二つの読みがあります。『万葉集』に「倉建てむ」「殿《との》建てて……」などの例があるように、建てたものが「館《たて》」です。また、建っているものが「館《たち》」です。船で人や物を対岸に渡す場所を「渡し」と呼び、同様にして船で対岸に渡る場所を「渡り」と呼ぶのと同じです。[*4]

別の語との複合語ですが、「たちまちに」「たちどころに」の「たち」も、もとは「立ち」です。これらは、「立って待つうちに」「立っているその場で」の意から、「すぐに」「即座に」の意を表すようになりました。「奉《たてまつ》る」という動詞も、もとは「立て」と「物を献上する」の意の「まつる」とが複合したものです。

「立つ」は、日本語の長い歴史を通じて、基本的な動詞の一つとして使われてきました。ですから、以上のように語源上のつながりのある語や「立つ」に由来する語は少なくありません。

「横」と同源の語

次に、「縦《たて》」の反義語／対義語である「横」について見てみます。これもまた同源の語を多くもつ語ですが、密接な関係をもつ動詞に「避《よ》く」があります。

垂直・上下の状態や方向を表す「縦」と「立つ」との関係から類推すれば、水平・左右の状態や方向を表す「横」と「避く」との関係は明瞭です。あるものに直接に行きあたらないようにその右か左かにそれる、つまり「横」にそれるというのが、「避く」の意味です。

＊3　現代語の「たたずまい」は、「佇む」と同源の語です。
＊4　中古の文献には、「建て物」を「立物」と書いた例があります。また、「立物《たてもの》」が埴輪《はにわ》をさすこともありました。埴輪は、墓の周りに並べ立てる物だからです。

『万葉集』に、

1　家人《いへひと》の　使ひにあらし　春雨の　与久列《よくれ》ど吾を　濡らさく思へば　〔九・一六九七〕

（家族の使いであるらしい。春雨が、避《よ》けても私を濡らすことを思うと）

という歌があります。「着衣が濡れたら、困って家に帰って来るだろう」と家族が考え、「私を濡らすように命じて、春雨を使いによこしたらしい」と作者が見なした歌です。第四句に見える「避《よ》くれど」は、「避けるけれど」と直訳することができます。

「避《よ》く」が別の語と複合した例もあります。「何処《いづく》ゆ行かむ与奇道《よきぢ》は無しに」〔七・一二二六〕、「君が来まさむ曲道《よきみち》にせむ」〔十一・二三六三〕は、「どこを通って行こうか、避ける道もないのに」「あなたがいらっしゃる時の、（人に会わないようにするための）避け道にしよう」という意味です。このような「避き道《ぢ》」「避き道《みち》」という複合語のほかに、近世には「避く」の活用が異なる「避《よ》け道《ぢ》」という言いかたも出てきました。

「横」という名詞は、別の語との複合語として用いられるのが普通だったようです。「青山を横《よこ》煞雲《ぎる》の著《いちしろ》く……」〔四・六八八〕は、「はっきりと見えるように」ということを喩えるのに用いられた歌の表現です。確かに、青々とした山を背景にして白い雲が「横切る」という光景は、鮮やかに目に映ったことでしょう。また、祝詞《のりと》に見える「横山の如《ごと》く置き高成《たかな》して……」〔鎮火祭〕の

ものです。[*5]「横山」は、種々の供え物を高々と一面に広げて神に献上する、ということの喩えに用いられた

特定のものに向かってまっすぐに進むというのではなく、それを右か左かに外《はず》して脇《わき》を行くということから、「横」が正しくないことや真実ではないこと、さらには歪んだことや邪悪なことなどを表す用法が、少なからず生まれました。「中傷することば」の意の「横辞《よこごと》」、「不正／邪悪」の意の「横しま／横さま」、「言いかたや発音が、標準的なものから外れる」の意の「横訛《よこなま》る」などは、どれも正しくない意味、良くない意味を表す複合語です。

右にあげた1の歌の「避《よ》く」は、「横」をそのまま動詞化したものであり、単に「避ける」の意を表します。しかし、「讒《よこ》す（横す）」の場合はそれと大きく異なります。「横」にあえて活用語尾の「す」を付けて動詞化し、「事を偽《いつわ》って悪口を言う」という悪い意味に用いたものです。

「曲がる」の場合

まっすぐであることが正しいこと、好ましいことであり、右か左にそれることは悪いことだ、

＊5　「青山を……」という表現に出ている「横煞《よこぎる》」には、我々が目にすることがまずない「煞」が用いられています。この「煞」は「殺」の俗字で、「切る」という語にあてられたものです。『万葉集』には、ほかにも「煞」の用例があります。

という考えかたが人々の脳裏に鞏固《きょうこ》にあったことは、以上で見た「横」の例に明瞭に表れています。

寄り道することになりますが、同じことは、名詞の「曲《まが》／禍《まが》」や動詞の「曲がる」などの用法にも表れています。これらの語にもまた、良くないことや、不正であり邪悪であることなどを表す用法がありました。

『古事記』の神話には、人間に災難をもたらす「八十禍津日神《やそまがつひのかみ》」「大禍《おほまが》津日神」が登場します。「禍《まが》つ霊《ひ》」を名に含む神々であり、それらの名には「禍を訓《よ》みて摩賀《まが》と云《い》ふ」という注が付してあります。

神話の別の箇所には、次のような場面が出てきます。天界から地上へ派遣された神に対して、天界にいる高位の神が「(さきに派遣した神に邪心があるのならば)この矢に麻賀礼《まがれ》」という呪文《じゅもん》を唱えたあとで、手に持った矢を下界に向かって投げる、という場面です。この「まがれ」は命令することばですが、「禍有《まがあ》れ」がつまった表現なのか、「禍れ／曲れ」という動詞の命令形なのか、不明です。いずれにしても、「災《わざわ》いが起これ」と命じる呪文です。天界の神が投げたこの矢は、それ以前に地上へ派遣されていた神の胸に命中し、その神はすぐに絶命してしまった、と語られています。[*6]

ほかには、熟語の「悪事」に対して、「古語に麻賀許登《まがこと》と言ふ」〔風神祭〕という注を付した箇所が、祝詞《のりと》の文に見えます。また、「忌まわしい／不吉だ」の意を表す「まがまがし」という形容詞も、中古以降にはよく使われました。その形容詞は現代にまで継承され、現代語だけを対象とした国語辞典にも立項されています。「曲がる」「曲げる」を用いた「曲がったことが許せない性格」「事実を曲げて伝える」というような言いかたも、たまに耳にします。

このように見てくれば、「横」の場合と同様に、「曲／禍」「曲がる」にもまた、良くない意味を表す多くの用例があったことがわかります。

「曲／禍」「曲がる」の反義語には、「直《なほ》／直す」があります。「直／直す」が良い意味を表す語であるのと、「曲／禍」「曲がる」が良くない意味を表す語であることとは、まったく対照的な事実です。古語辞典の類を見ると、形容詞の「直《なほ》し」に「まっすぐだ」「曲がっていない」「平らである」などの説明が付けられています。

現に、神話で右の「八十禍津日神」「大禍津日神」が誕生したとあるすぐあとの記述に、

2　次にその禍《まが》を直さむとして成れる神の名は、神直毘神《かむなほびのかみ》、次に大直毘神《おほなほびのかみ》。

という記述が続いています。「禍《まが》」をもたらす神と、「禍」を清めて「直す」神とが、相次いで誕生したというのです。「禍」と「直」とが反義語であったことは、この部分からも明瞭にわかり

＊6　上代の「禍《まが》」と同様に、現代でも「わざわい」の表記に「禍」をあてることがよく行われます。

ますし、類似の記述は祝詞にも見えます。

「戸」を含む諸語

次に見るのは、「戸《と》」という一音節の語を含む語群です。言うまでもなく、「戸」とは建物の出入り口や建具の取り出し口にあって、必要に応じて開閉することができる仕掛けのことです。ほかに、両側から陸が迫っていて間が狭くなった地をさすこともあり、その場合には、「明石の門《あかしのと》」「佐保の河門《さほのかはと》」のように「門」と書かれる傾向があります。「戸」も「門」も、大和ことばとしては同じ「と」です。狭くなったさまざまな出入り口を、広くさす語です。

「と」は、別の語と多くの複合語を構成しています。一見して「戸／門」とは無関係の語だと思われるものでも、実はそれを語の一部として含んでいる、といった複合語は少なからずあります。

一方、「戸／門」を含む複合語であることが、比較的わかりやすいものもあります。「扉《とびら》」がそれで、もとは「戸枚《ひら》」という複合語だと説明されれば、すぐに納得できるはずです。「ひら」は、薄くて平らな板状のものをさす語です。「扉」は「門平《とひら》」の意だと解説している古語辞典もあります。「枚」と「平」では用いられている字が異なりますが、もちろん同じ和語の「ひら」です。

上代からある「港《みなと》」という語は、もとは三語から成る複合語です。その構成は「水な門」ですが、単に「水門《みと》」と言った場合もあったようです。両岸が張り出して、船が通る場所の狭くなった場所が、「港」として選ばれたのでしょう。「水な門」の「な」は「の」にあたる助詞で、二種の名詞をつなぐ機能をもっていました。「眼《まなこ》」「掌《たなごころ》」「源《みなもと》」などの複合語に含まれる「な」と同じものです。しかし「水《み》な門《と》」の「な」が表記されることはまずなく、『万葉集』では「港」が「水門」「湖」「湊」などと書かれています。語源が忘れられて、一語と理解されていたようです。「門《と》」を含むものには、『万葉集』の次の歌に詠み込まれた「鳴門《なると》」もあります。

3　これやこの　名に負ふ奈流門《なると》の　渦潮《うづしほ》に　玉藻《たまも》刈るとふ　海人娘子《あまをとめ》ども　〔十五・三六三八〕

（これが例の、有名な鳴門の渦潮で海草を刈っているという、若い海女たちなのだな）

「鳴る門」という複合語は、「干満時の潮の流れが激しいために、大きい音が鳴りわたる海峡」という意味のものです。その「鳴門の渦潮」で海藻を刈っている若い海女を見て、感動をもって詠んだのがこの歌です。「鳴門」という呼称は、現代にも引き継がれました。

中古の宮中に、開閉するたびに大きい音が出る「鳴る戸」という戸があったことが、『後撰和歌集』（九五一年）の詞書《ことばがき》から知られます。「門」と「戸」はもともと同じ和語なのですが、当時は別語だと意識されるようになっていたのかも知れません。

「閉ざす」という動詞はもともと一語のように見えますが、実は二語から成る複合語です。歌に「戸毛閉而有《ともさしたる》を……」〔十二・三一一八〕、「屋戸閉勿《やどさすな》」〔十二・二九一二〕などの表現があることから明らかなように、もとは「戸」を含む「戸閉《とさ》す」です。その「閉《さ》す」は「差す／刺す」と同じ和語の「さす」であり、「戸」にこの動詞を用いたのは、戸締まりをする際に棒状のものを穴に差し込んだからです。現代語の「閉ざす」は、「戸」との関係がすっかり忘れ去られ、「雪に閉ざされた村」「そこへ行く道は閉ざされてしまった」のようにも使います。

「閉ざす」という動詞からは、語形と意味のよく似た「閉《と》じる」という動詞を想起しがちです。この「閉じる」は古典語の上二段動詞の「閉づ」から変化したものですから、語源面で「閉ざす」とは関係なく、もともと別の動詞です。[*7]

「戸／門」の発掘

右にあげた「と」の複合語のほかに、「と」はもともと「戸／門」の意を表す「と」だということがわからなくなったものがあります。それらの複合語には、上代から現代まで継承されている「喉《のど》」「窓《まど》」「嫁《とつ》ぐ」の三語があります。一語ずつ、なかから「戸／門」を発掘していくことにしましょう。

「喉《のど》」のもとになった語は、上代の末期に成立したと推定される文献に二つ見えます。「喉」に「乃美土《のみど》」という訓が付けられ、「咽」にも「能美等《のみと》」の訓が付けられていて、もとは「のみと／

のみど」だったことが知られます。「物を飲み込む、狭くなった戸」の意の「飲み戸」が語源だったのです。ただし、同じ「と」という一音節の語にも、「戸／門」を意味する語のほかに「所／処」を意味する語もありますので、あるいは「物を飲み込む所」の意だったとも考えられます。

「喉《のど》」はもともと「飲み戸／飲み所《と》」の意だったというのは、現代の我々にも意味的に納得がいきます。中古の文献には、「のむど」つまり「のんど」という撥音便《はつおんびん》の表記も見えており、中世の文献には現代語のような「のど」も出ています。

次に、二つめの「窓《まど》」という語を見てみます。『万葉集』の歌に「窓超尓月《まどごしに》おし照りて……」〔十一・二六七九〕とあるのが、「窓」の最も古い用例です。歌の音数律から見て「窓」は二音節の語だとわかりますし、上代末期の文献の「窓」に「末土」という訓が付けられてもいますから、古くから「まと／まど」だったことが確認できます。中古のさまざまな文献にも、「まと」として出ています。

上代語として「まと」だったか「まど」だったかという清濁の問題は、「のみと／のみど」の場合と同じく判断が難しいところです。しかし、「まと／まど」という語形と意味とから判断して、語源は「目門《まと》／目戸」だろう、というのが研究者の見解です。「窓」は「マ（目）ト（門）の

＊7　しかし、「閉づ」が「戸」を動詞化することによって造られた可能性を、完全に否定することまではできません。

意」だ、と断定的な解説を付している古語辞典もなかにはあります。「目《ま》」は「目《め》」の古形であり、「目の蓋《ふた》」の意の「瞼《まなぶた》／瞼《まぶた》」や、「目の毛」の意の「睫《まつげ》」など、複合語に含まれるかたちで現代語にも化石的に残っています。

ちなみに、現代の英語で「窓」を意味する語、つまりwindowでは、「風」の意のwindと「目／穴」の意を表したowとが結び付いたかたちになっています。「風の目／風の穴」の意を表す語であり、日本語の「目門／目戸」とは把握のしかたが異なります。

ただし、英語の語源辞典を何種類か見てみると、また事情が違ってきます。windowの原形であるvindaugaが使われる以前の古期英語では、「目eye」の意のēageと、「穴hole」の意のthyrelとから成るēagthyrelが使われ、またeyeを意味するēageと「戸door」を意味するturuとから成るēagduruも使われた、と解説されています。「目のような穴」あるいは「目の戸」ということですが、後者は日本語の「目門」とほぼ同じ発想に基づく複合語です。

さて、「戸」を含む三語のうち、最後の「嫁《とつ》ぐ」は、現代では特に女性について使う動詞であり、「嫁に行く」の意を表します。しかし、古典語では「性交する／男女の関係をもつ」の意もありました。語源的には、男女の交合を意味する複合語だったと考えられています。

専門的な古語辞典には、「とつぐ」の「と」は、場所を表す「処」あるいは狭くなった通過点を表す「門」であり、具体的には女陰をさすと解説してあります。さらに、「つぐ」は「継ぐ」で、欠けた所を塞《ふさ》ぐことを表すから、「とつぐ」は性交を行うことをそのまま意味するものだった、という解説も見えます。

「とつぐ」の「と」は、『古事記』に見える「美斗能麻具波比《みとのまぐはひ》」の「と」と同じ語だと考えられています。その「みとの……」は、国土を創生した男女の神による性交をさしており、「御処《みと》の……／御門の……」の意だというのです。また、性交をさす表現としては、『日本書紀』の記述に「蜻蛉之臀呫《あきづのとなめ》」とあり、これにも同じ「と」が含まれていると言われます。「蜻蛉之臀呫」は「蜻蛉《とんぼ》の処嘗《となめ》め」の意で、「処嘗め」は雌雄のとんぼが尾をくわえ合うこと、つまり交尾することをさす、というわけです。確かに、雌雄のとんぼが交尾し、輪のようになって飛ぶ様子は、夏から秋にかけて目にすることがあります。*8

「とつぐ」の「と」は、場所を意味する「処《と》」なのか、狭い通過点を意味する「門／戸」なのかについては、残念ながら確定できません。しかし、女陰をさすのには、漠然とした「処」よりも狭い通過点を意味する「門／戸」のほうが適切だ、と言うことはできるでしょう。

音韻変化による語形変化

語源がわかりにくくなる原因には、「飲み戸／飲み所」が「のんど」を経て「のど」となった

＊8　上代の人々は、そうしたとんぼの様子は、農作物の豊穣だけでなく国土の豊饒をも予告するものだと考えました。

ように、語形が時代的に変化するということがあります。その語形変化にもいくつかのタイプがありますが、まず、特定の語の内部に個別的な音韻の変化が何段階かにわたって起こった例を見てみます。

現代語の「ふところ（懐）」は、上代の末期に成立した文献に「布都久呂《ふつくろ》」とあるように、もともと「ふつくろ」という語形をもっていました。当時の文献では、「都」は「と」ではなく「つ」を表す万葉仮名として用いられています。

中古になると、「ふつくろ」の末尾にある「ろ」の母音oが、その直前の「く」に影響を与えて語形を「ふつころ」に変化させ、またoによる影響が前の「つ」にも及んで、「ふところ」という語形もできました。さらには、母音がすべてoに変化した「ほところ」という語形も、近世にはできました。末尾にある音節のoが、前の音節のuを三段階にわたって順次oに変えてしまったのです。

Φutukuro ＞ Φutukoro ＞ Φutokoro ＞ hotokoro

特定の音韻がその前後の音韻に影響を与えてもとの語形を変えてしまう、このような現象を同化（assimilation）と呼んでいます。

同化を起こした別の例を見てみます。何かを見物するために設置した高い床を、現代語で「さじき（桟敷）」と呼びます。これは、『日本書紀』に「佐受枳《さずき》」とあるように、上代語では「さずき」という語形をもっていました。しかし、中古になって、「さずき」の末尾にあるiが前の音節のuを同化し、「さじき」へと変化させました。現代語の「さじき」は、その新形を継承したものです。

このような同化にはまだまだ例がありますし、同化はどの時代の語にも少なからず起こった現象です。

音韻に類推（analogy）が絡《から》んだ、少し複雑な語形変化もあります。その一例として、場所を尋ねる「どこ（何処）」という代名詞を取り上げましょう。『古事記』に「伊豆久《いづく》」（四二）とあり、『万葉集』にも同じ語が二十例余り見えるように、「どこ」は上代語の「いづく」にさかのぼります。「どこ」と「いづく」とでは、音節数も異なり語形も異なります。

「いづく」の「いづ」は、「いづち（何方）」「いづら（何処）」「いづれ（何）」などのそれに同じです。また、末尾の「く」は、「ありか（在処）」の「か」や、「ここ（此処）」「そこ（其処）」の「こ」などの別形であり、場所を意味する語です。

「いづく」からは、『古今和歌集』の「春霞《はるがすみ》立てるやいづこ（春霞が立っているというのは、どこのことだろう）」（一・三）のように、中古に入って「いづこ」という語形が生まれました。「ここ」「そこ」など、同じく場所を表す語の「こ」が「いづく」に影響を与えたのです。つまり、類似の語義をもつ別語への連想が働いて、「――こ」に語形を揃《そろ》えようとした、類推による語形の変化であり、また音韻の変化でもあります。

さらに、新形の「いづこ」から、「ここやいどこ。と問ひければ……」〔土佐日記〕に見えるように、「いどこ」というもっと新しい語形も、中古には生まれました。それだけではなく、しばらくすると、「いどこ」から「い」が脱落して、「どこ」という現代語と同じ語形が生まれました。これも三段階にわたる語形変化です。

iduku > iduko > idoko > doko

「いづく」と同じ系統に属する「いづれ」も、よく似た語形変化を経験した代名詞です。「いづれ」から「いどれ」へ、さらに「いどれ」から現代語と同じ「どれ」へ、という変化です。この語形変化が、場所を尋ねる「いづく」の語形変化と無関係に起こったのでないことは、改めて言うまでもありません。同じグループに属する諸語は、互いに連想が働くために類似の語形に揃《そろ》えられる、ということがよく起こります。

語源を追究するには、右のような変化がさまざまな語に起こっている可能性を、常に考慮しておかなければなりません。しかし、語形が古い時代のものであればあるほど、形態上の変化を経ている可能性が低くなり、語源について精度の高い推定が導かれるはずです。ですから、可能な限り古い語形を確認することが、語源を考えるうえで最初の作業となります。

「いら」「いり」「いろ」の三語

今度は、以上とは少し異なる例を材料にして、語源の問題について考えます。それは、複数の語が結合した結果、一つの語に含まれる特定の音韻が他方の語の一部を変化させた、と想定することにより、複数の語が同源であることを確認する、ということです。

そのことを考えるためにここで取り上げるのは、現代語には継承されなかった上代の語です。ですから、我々にはなじみがないのですが、「同母／同腹」であることを表すと言われる、「いら」「いろ」「いり」の三語です。三語はどれも人を呼ぶ名に含まれるもので、もともと同源の語だろうと推定されています。しかし、同源であることが証明されるには至っていません。ここでは、その証明を試みることにしましょう。

三語のうちの「いら」は、「――いらつこ」「――いらつめ」という、高貴な身分の男と女を呼ぶ名に限って使われます。

『古事記』に見える応神《おうじん》天皇の系譜に、

3 宮主矢河枝比売《みやぬしやがはえひめ》を娶《めと》して生みませる御子《みこ》、宇遅能和紀郎子《うぢのわきいらつこ》、次に妹《いも》八田若郎女《やたのわきいらつめ》、次に女《め》鳥王《とりのおほきみ》。

（宮主矢河枝比売を妻としてお産みになった御子は、宇遅能和紀郎子、次に妹の八田若郎女、次に女鳥王。）

という記述があり、なかに「いらつこ」「いらつめ」を含む呼び名が出ています。

「いらつこ」「いらつめ」の「つ」は、「庭鳥《にはとり》（鶏）」の古形である「庭つ鳥」や、「一昨日《おととい》」の古形である「遠《をと》つ日《ひ》」などにも含まれています。「の」にあたる、より古い時代に用いられた助詞です。末尾の「こ」は「子」で、「め」は「女《め》」です。「こ」と「め」とで、男と女を区別したのです。[*9]

3の文にあるように、「いらつこ」は「郎子」と書かれ、「いらつめ」は「郎女」と書かれるのが普通です。そのために、一字一音の万葉仮名で表記されたものはほとんど例がありませんが、中古の歴史書を見ると、これらの熟語に「イラツコ」「イラツメ」という訓が付してあります。

ただし、「いらつめ」のほうには、たまたま一字一音の万葉仮名の例が上代の文献に残っています。『日本書紀』の景行《けいこう》天皇の条に、編者による「郎姫、此《ここ》には異《い》羅《ら》菟《つ》咩《め》と云《い》ふ」という注が見え、淳仁《じゅんにん》天皇の宣命に「藤原《ふぢはらの》伊《い》良《ら》豆《つ》売《め》」〔二五詔〕という尊称が出ています。

「いらつこ」「いらつめ」では「いら」に助詞の「つ」が付いている、という点に特に注意しておきましょう。

音韻面から見た三語

二つめの「いり」の用法も固定的な傾向が強く、ほとんどが「いり彦《ひこ》」「いり姫《ひめ》」という結合形式で使われています。「――いり彦の命《みこと》」「――いり姫の命」というように、皇族の兄妹を呼ぶ名に使われるのが普通です。「いり」は多く「入」で書かれていますが、それは研究者が「借訓字《しゃっくんじ》」「借訓仮名」と呼ぶ一種の宛字《あてじ》だと考えてよいでしょう（↓序章）。

「いり」の語は、崇神《すじん》天皇・垂仁《すいにん》天皇・景行《けいこう》天皇という、三天皇の系統にかかわる名に使われているということが、歴史家の研究によって明らかになっています。崇神天皇の呼び名は、たとえば『古事記』に「御真木入日子印恵命《みまきいりびこいにゑのみこと》」「美麻紀伊理毘古《みまきいりびこ》」とあり、その子である垂仁天皇の呼び名は「伊久米伊理毘古伊佐知命《いくめいりびこいさちのみこと》」とあります。女性の呼び名のほうも、「伊理毘売」「入毘売」「入日売」などを含む例が、三代の天皇の系譜には数多く見えます。

『古事記』全体では、名に「いり彦」「いり姫」を含む人物はそれぞれ九人ずついます。男と女を合わせて十八人ですが、そのほかには、「大入杵命《おほいりきのみこと》」「柴野入杵《しばのいりき》」という二人の名に、「いり」が含まれています。「いり」を含む計二十種の名の「いり」には、母音のiを含む「彦《ひこ》／姫《ひめ》」

＊9　「をとこ」「をとめ」もその一例です（↓八〇ページ）。

「杵《き》」が続く、という音韻的な環境が共通して認められます。この点は、「いら」がそのあとに助詞の「つ」を伴っているのとは大きく異なります。

三つめの「いろ」を含む複合語には、兄や弟をさす「いろせ」、兄や姉をさす「いろね」、弟や妹をさす「いろど」、妹をさす「いろも」、兄をさす「いろえ」、母をさす「いろは」の六語があります。親族名称として使われる場合と、個人名に含まれる場合とがあります。六語のうち、「いろ兄弟《せ》」「いろ兄姉《ね》」「いろ弟《ど》」「いろ妹《も》」の四語の場合は、「伊呂勢《いろせ》」「伊呂泥《いろね》」「伊呂弟《いろど》」「伊呂妹《いろも》」という表記の例が『古事記』に出ています。しかし、「いろ兄《え》」「いろ母《はは》」の確実な例は、中古になってから文献に現れます。この二語のうち、母を表す「いろは」については、「いろ」が同母系を表す語だということが忘れられてから、これに「母《はは》」の「は」を付けて作ったのだろう、と推定されています。

さて、「いら」「いり」「いろ」の実例を右にあげましたので、さきに述べたとおりに音韻面から語源的な関係について考えてみます。

「いら」を含む二語では、「いら」に助詞の「つ」が続いています。「いら＝つ＝子《こ》」「いら＝つ＝女《め》」というように、間に「つ」があるかたちです。また、「いり」を含む計二十種の呼び名ではすべて、「いり」の直後に、「彦《ひこ》／姫《ひめ》」「杵《き》」が続いています。この特徴的な事実は、「彦／姫」の「ひ／び」や「杵」の「き」など、iをもつ音節が、その直前にある語が「いら」でなく「いり」であることに関係しているのではないか、との推測を導かせます。つまり、さきに見たように、「ふつくろ（懐）」の末尾にあるoの影響を受けたために、この語が「ふつころ／ふところ」へと変化し、「さずき（桟敷）」の末尾にあるiの影響を受けてこの語が「さじき」へと変化したのと同様の、さきに見た同化の現象だろう、ということです。

同化の現象は、残る「いろ」という語形についても想定できます。この語の直後にくる音節が、「いろ弟《ど》」「いろ妹《も》」の場合はoであり、「いろ兄弟《せ》」「いろ兄姉《ね》」の場合にはeであるというように、oかeかのどちらかの母音をもつものに限られるのです。

「いら＝つ＝子《こ》」「いら＝つ＝女《め》」の場合は、確かに末尾の音節がoやeを含んでいます。その点だけを見ると、ほかの諸語と同じく「いら」が「いろ」となっていてよさそうです。しかし、これらの場合には、間に助詞の「つ」が介入しているという特殊な事情があります。「つ」がクッションの働きをして、末尾のoやeが「いら」に音韻的な影響を与えなかったのだろう、つまり同化の現象が生じるのを妨げたのだろう、と考えられます。

いら………「子《こ》」「女《め》」との間に「つ」がある。
いり………母音iをもつ音節があとにある。
いろ………母音o・eをもつ音節があとにある。

このように、音韻面から考えると、「いら」が後続の音節の影響を受けないままの古い語形であり、後続の音節がもつ母音・iから影響を受けて変化した二次的な語形が「いり」だ、ということになります。同様に、「いろ」という語形は、「いら」が後続の母音oあるいはeから影響を受けて変化した語形だ、と判断されます。

あとにあるeが「いら」に影響を与えれば、「いれ」という語形に変化しそうです。しかし、実際にはそこまでは変化せずに、「いろ」へと変化しました。このような同化現象は、「不完全同化」と呼ばれます。

結局、「いり」「いろ」の二語はもとの「いら」が変化した語形だから、三語は互いに同源の語だろうということが、音韻的な根拠をもって推定できるわけです。

数・時間帯を表す語の場合

上代語を遠くさかのぼる時代、日本語というものが成立した太古《たいこ》、としか言えないほど大昔に起こったことを、語源に関する話題の最後に二つ取り上げます。まず、日本語の数詞《すうし》、つまり数を表す和語に関する話題です。

「ひと、ふた、み、よ……」という、大和《やまと》ことばによる古い数えかたがあります。それらの語形を細かく見てみると、音韻にかかわる興味深い現象があることに気づきます。

一を表す「ひと＝つ」と二を表す「ふた＝つ」、三を表す「み＝つ」と六を表す「む＝つ」では、言うまでもなくあとの数が前の数の二倍になっています。よく言われる倍数関係です。

しかし、倍数関係にあるこれら二組について、数のあとに添える助数詞の「つ」を除けば、Φito とΦuta、mi と mu では、音節数と子音は同じで母音だけが異なっています。さらに、そのつもりで見ると、四を表す「よ＝つ」とその二倍の八を表す「や＝つ」も同様で、yo と ya というように、一音節であることと子音が y であることは共通し母音だけが異なる、という関係にあります。

それだけではありません。二の十倍を表す「はた＝ち」は、「はた Φata」の部分が、音節数の点でも、子音が同じで母音だけが異なる点でも、Φito（一）とΦuta（二）との関係に酷似しています。このような対応関係は、単なる偶然だとは考えにくいものです。[*10]

上代語の音韻を反映させたかたちで、各組の語形を表示してみます。[*11]

Φitö（一）――Φuta（二）――Φata（二十）
mi（三）――mu（六）
yö（四）――ya（八）

＊10　助数詞の「ち」は「つ」の別形であり、ほかに「四十《よそぢ》」のように「ぢ」もあります。
＊11　上代語の音韻については、次の第四章で詳しく説明します。

一から十までの数のうち、五を表す「いつ＝つ」に対して、十を表す「とを」も倍数の関係にあります。互いに倍数の関係にあるのに、itu と töwo とでは語形も音韻も大きく異なります。このように、「いつ」と「とを」だけが例外的な関係にありますが、その理由は不明です。「ひと」と「ふた」と「はた」、「み」と「む」、「よ」と「や」の各組が、音節数と音韻の両面で偶然とは考えられないほどに密接な関係を示すのは、つまりは各組がそれぞれ語源を同じくするものだからだと考えられます。

「ひと」「ふた」「はた」に類似する語源関係は、ほかの語にも認められます。たとえば、日暮れ時をさす「ゆふ yuΦu（夕）」と、そのあとの時間帯をさす「よひ yöΦi／yoΦi（宵）」と、夜間をさす「よは yoΦa（夜半）」の三語に、そうした関係がよく現れています。[*12]

「よひ」には、『万葉集』に yöΦi／yoΦi の両形が出ています。しかし、成立のより古い『日本書紀』に二例ある「よひ」は yöΦi ですから、その yöΦi が古形であり yoΦi は新形だろうと考えられます。一見しただけでは、「よひ」「よは」が「よ yo（夜）」と語源的に関係がありそうにも思われるのですが、yöΦi が本来の語形だとすれば、そうした語源的な関係は想定しにくくなります。本来の yöΦi から新形の yoΦi ができたのには、意味の近い「よ yo（夜）」の影響があったからだと考えるべきでしょう。

多くの語彙のなかでも最も基礎的なものである、数詞や時間帯をさす各語がいつ頃にこうした対応関係を構成したかについては、それは日本語が形成されたある時期だろうとしか言えません。

これらの語のグループは、以上見てきたのとはまた別の、時代を遥か遠くにさかのぼる、興味深い語源の問題もあるのだ、ということを教えてくれます。

＊12　ただし、「よは」の確かな例は中古以降の文献に見えるものです。

第四章　八十八の音節を書き分ける

調査対象としての『古事記』

この章と次の章で取り上げるのは、ことばを運用する際に使われる発音のことです。あとで説明するように、ことばに用いる発音を抽象化して、少し専門的に「音韻《おんいん》」と言います。

言語を研究対象とする分野では、その言語にはどのような種類の音韻があって、それぞれがどのような特徴にもとづいて相互に識別されているのか、そして、それらはどのような体系・組織をなしているのか、といったことが最も基本的な問題になります。

八世紀の頃に使われていた上代語は、平仮名・片仮名がまだ創案されていない時期の言語です。既に述べる機会があったように、現在まで残っている上代語の資料はすべて漢字で書かれたものです。当時の音韻のことを知るには、それらの漢字の表す音韻がどのようなものなのかを確認し、個々の漢字の使われかたを細かく調査したうえで、得られた結果に整理を加えなければなりません。

ここでは、当時の音韻のありかたを確認するために、『古事記』『日本書紀』『万葉集』などの文献のうち、最もコンパクトで扱いやすい『古事記』を直接の資料として取り上げることにします。『古事記』と言っても、漢文を基調にした地の文ではなく、万葉仮名で書かれた一一二首の歌謡が、主要な調査対象になります。[*1]

上代語を研究するうえでは、現存する資料の関係で『万葉集』がおもな資料になるということを、序章で述べました。ところが、その『万葉集』は全二十巻あって、歌の数も四五〇〇首を超えています。それだけでなく、巻が違えば表記も異なりますし、同じ巻のなかにも表記の複雑な部分と単純な部分とが混在しています。そうしたことを考慮したうえで資料として使えば、分量が多いだけに精度と信頼度の高い調査結果が得られます。

しかし、表記の背景にある音韻についてその一端を見てみるという、今のような目的の場合には、表記の形式が多様で用例の処理が面倒な、『万葉集』のような大きな資料は不向きだと言えます。そういう理由で、ここでは『古事記』の歌謡を材料にして音韻のことを考えようというわけです。ただし、その際には、一二八首ある『日本書紀』の歌謡も、必要に応じて参照することにします。[*2]

＊1　『古事記』『日本書紀』に最初に出ている「八雲立つ……」という歌謡は、表記について説明するために既に序章で引用しました。

＊2　『古事記』と『日本書紀』の歌謡は合計して二四〇首あり、そのうちほぼ半数が両書に共通する歌謡です。

漢字音と万葉仮名

上代語の音韻について考える前に、日本語を書き表すのに使われた漢字の音韻について、いくつか確認しておかなければならないことがあります。

中国の文字である漢字がもつ音韻を、研究者は「漢字音」あるいは単に「字音」と呼びます。「字音」という呼びかたは、漢字の訓読みをさす「字訓」に対するものとしても使われます。

中国語では、原則として漢字一つが一語にあたりますので、漢字は「表語文字」と呼ばれることがあります。一語が一音節だけでできており、しかもおびただしい数の語を相互に識別しなければなりませんから、音節の内部構造は複雑なものになりがちです。

日本の万葉仮名のもとになった時代の漢字音、つまり中古音と呼ばれる音韻を、「良」という字を例にとって示せばlaŋとなります。日本ではこれを「リャウ」として受け入れたうえ、音韻を単純化して、「ラ」という音節を表す万葉仮名として使いました。また、「吉」の中古音はkiĕtであり、これを「キチ／キツ」として受け入れて「キ」の万葉仮名として使いました。「リャウ」「キチ／キツ」などを、中国での原音を日本化した漢字音という意味で「日本漢字音」と呼んでいます。

このlaŋやkiĕtのように、当時の中国語の原音には内部構造の複雑なものが少なくありませんでした。それで、原音を構成する要素の一つ一つについて、ほかと区別するための呼び名が付けられています。lɪaŋ、kiĕt で言うと、最初の子音であるlやkを「頭子音」、その直後にあるiやɪを「介音」と呼びます。また、それに続くaやĕを「中心母音」と呼び、最後のŋやtを「韻尾」と呼びます。このほかに、頭子音を「声」と呼び、それ以外の部分を「韻」と呼ぶというかたちで、原音の全体を二つの部分に分けて処理することも行われます。

このように、日本語と中国語とでは音韻体系が大きく異なっていましたし、概して中国語の音節のほうが日本語のそれよりもずっと複雑でした。ですから、中国語の発音の複雑なところを無視して単純化しなければ、日本語の音節を書き表す万葉仮名として使えないことも多かったのです。

もちろん、原音がもともと単純な漢字もあって、そういう漢字のなかには仮名として使いやすかっただろうと思われるものもあります。たとえば、「那」は「ナ」の仮名として、また「麻」は「マ」の仮名として、ともに多数の例があり、もとになった原音もna、maという比較的単純なものです。

呉音と漢音

ここで重要なことは、日本人が漢字を仮名として使った際に、音韻的な背景となった中国語は、

字	経	金	成	明	文	期
呉音	経文《きょうもん》	金色《こんじき》	成就《じょうじゅ》	燈明《とうみょう》	文書《もんじょ》	末期《まつご》
漢音	経書《けいしょ》	金銀《きんぎん》	成功《せいこう》	明白《めいはく》	文章《ぶんしょう》	期間《きかん》

均一で等質なものではなかったということです。日本漢字音のおもなものに「呉音《ごおん》」と「漢音《かんおん》」の二種があって、これらの間には、その背景になった原音の時代差や地域差が反映しています。

呉音と漢音との違いは、それなりの変容を経て、現代日本語の漢字音にも継承されています。少し寄り道をすることにはなりますが、わかりやすく、現代語に反映している呉音・漢音の違いを、いくつかの漢語を通して見ておきましょう。どれも、よく例にあげられる一般的な漢語です。

上の表にない例を少し補足すると、「大」を「ダイ」と読むのは呉音で、「タイ」と読むのは漢音です。「奴」では「ヌ」が呉音で「ド」が漢音、「人」では「ニン」が呉音で「ジン」が漢音、「米」では「マイ」が呉音で「ベイ」が漢音です。また、さきに例示した「吉」では、「キチ」が呉音で「キツ」が漢音です。こうした呉音と漢音との違いは、遠い過去の日本漢字音から継承されたものであり、両音は現代の漢和辞典でも明瞭に区別されています。

これらの漢字音のもとになった、古い時代の呉音と漢音を明確に定義し分けることは、なかなか難しいことです。しかし、呉音は揚子江下流域の発音を伝える、六世紀頃までの古い音であり、漢音はそれ以降の黄河中流域の発音に基く音だ、というように理解しておけば十分でしょう。今の場合、この二種の漢字音に関して大切なことは、『古事記』『万葉集』の仮名はほぼ呉音を背景としており、『日本書紀』の仮名はほぼ漢音に基づいている、ということです。

『日本書紀』という歴史書は、当時の朝廷が、対中国ということを強く意識して、多くの年月を費やし多くの人員を投入して編纂したものです。そういう事情があって、既に日本化した古めかしい呉音ではなく、長安や洛陽で使われていた新しい漢音を採用したわけです。

古い漢字音には、呉音・漢音のほかに、「意《オ》」「奇《カ》」「移《ヤ》」「已《ヨ》」「里《ロ》」など、現代人にはなじみのない読みをする仮名の一群があります。それらは、呉音より以前の、朝鮮半島から伝えられた「古音」に基づくものだろうと考えられています。『古事記』よりも古い金石文などに見える仮名であり、これらのうち「意」は『古事記』にも受け継がれています。

『古事記』の「メ」の仮名

さて、呉音に基づいて仮名を使った『古事記』ですが、当時の音韻について考える手がかりとして、ここでは「メ」という音節の語を取り上げることにします。

「メ」という音節をもつ語にも数例あります。それらのうち、名詞の「女《め》」と、助動詞「む」の已然形の「め」、この二つの単音節語について見てみます。「女《め》」という語は、「めしべ（雌蕊）」「めす（雌）」「めんどり（雌鳥）」などの熟語に残っています（→第二章）。また、「む」の已然形の

「め」というのは、「今こそ行かめ。」「……と申さめど」などに含まれているような「め」のことです。

名詞の「女」と助動詞の「め」の二語のほかに、単音節の語だけでも「目《め》」と「芽《め》」とがありました。しかし、どちらも例が少ないので、あとで簡単に言及することにします。ほかに、複数の音節から成る語にも「メ」を含む語がいくつかありました。しかし、それらをここで取り上げると説明が複雑になりますから、まず単音節の語だけを見ることにしましょう。

『古事記』に載っている一一二首の歌謡には、名詞の「女《め》」が七例出てきます。それらを含む句の本文と書き下し文とを、研究者が使っている歌謡番号を付して次にあげます。

1　佐加志売遠（賢《さか》し女《め》を）　〔二〕
2　久波志売遠（麗《くは》し女《め》を）　〔二〕
3　売邇志阿礼婆（女《め》にしあれば）　〔三〕
4　売邇斯阿礼婆（女《め》にしあれば）　〔五〕
5　夜麻志呂売能（山代女《やましろめ》の）　〔六一〕
6　夜麻志呂売能（山代女《やましろめ》の）　〔六三〕
7　阿多良須賀志売（あたら清《すが》し女《め》）　〔六四〕

まったく同じ句や類似の句が含まれています。しかし、どの「女《め》」もすべて「売《メ》」という仮名で書かれています。[*3]

今度は助動詞の「め」を見てみます。この語は歌謡に八例出てきます。

8　和杼理邇阿良米。（我鳥《わどり》にあらめ）〔三〕
9　都麻母多勢良米。（妻持たせらめ）〔五〕
10　和礼和須礼米夜。（吾忘れめや）〔五五〕
11　斯良受登母伊波米。（知らずとも言はめ）〔六一〕
12　須宜波良登伊波米。（菅原《すげはら》と言はめ）〔六四〕
13　多多美登伊波米。（畳《たたみ》と言はめ）〔八六〕
14　伊幣爾母由加米。（家にも行かめ）〔九〇〕
15　久邇袁母斯怒波米。（国をも偲《しの》はめ）〔九〇〕

「言はめ」が三例含まれていますが、ほかの五例はみな別の表現になっています。8〜15の助動詞の「め」は、1〜7の「女」がすべて「売」の仮名で書かれているのと大きく異なって、す

＊3　「売」は「賣」のいわゆる俗字体です。右では、現代人になじみの薄い字体ではなく、身近な「売」を用いました。

歌番号	二	二	三	三	五	五	五五	六一	六一	六三	六四	六四	八六	九〇	九〇
女	売	売	売		売			売		売	売				
め				米		米	米		米			米	米	米	米

べてが「米《メ》」の仮名で書かれています。

「売」と「米」の使い分け

合計して十五例ある、名詞の「女」と助動詞の「め」とに用いられた「売」「米」が、歌謡にどのように分布しているのかを確認するために、歌謡番号の順に整理してみます。

これによれば、『古事記』の記述の途中で、「メ」に用いる仮名を「売」から「米」に変えたのだろう、という推測は成立しません。また、記述の途中で、「売」と「米」を気まぐれに選んで用いたものでないことも、きわめて明瞭です。

そのことを最も端的に示すのは、表のなかの三番歌・五番歌・六一番歌・六四番歌の四首です。四首のどれも、名詞の「女」と助動詞の「め」とが共存している歌謡です。しかし、同じ歌謡のなかでも、名詞の「女」は必ず「売」で書き、助動詞の「め」は必ず「米」で書く、というかたちになっています。また、二番歌に二回出ている「女」を、二回とも「売」で書き、九〇番歌に二回出ている助動詞「め」を、二回とも「米」で書いています。

こうした事実を確認すれば、『古事記』の全体にわたって、何らかの明確な基準に従いながら二首の仮名を厳密に使い分けたのだ、と理解するしかありません。

名詞の「女《め》」…………売

助動詞の「め」…………米

名詞の「女」と助動詞の「め」以外の、単音節語の「目」と「芽」とについて見てみると、二例ある「目」も一例ある「芽」も、助動詞の「め」に用いられていたのと同じ「米」で書かれています。したがって、「売」で書かれた「目」「芽」の例はありません。

以上が『古事記』に見られる、二種の「メ」の書き分け状況です。

『日本書紀』の「女」と「め」

それでは、名詞の「女」は必ず「売」で書き、助動詞の「め」は必ず「米」で書くというかたちの使い分けは何を意味するのか、ということが次の問題になります。ただし、そのことを説明する前に、やはり事実を確認しておいたほうがよいと思われることがあります。

さきにも述べたように、大きな資料である『万葉集』の表記は複雑で、用例の処理がとても面倒です。それなら、『古事記』と並び称され、載っている歌謡の数も『古事記』のそれに近い

『日本書紀』では、名詞の「女」と助動詞の「め」とはどのように表記されているのか、ということです。

『日本書紀』の歌謡は、全体としては、同じ音節に異なる仮名を多く用いるという方針で表記されています。その点、同じ音節に少数の仮名を用いるという原則で表記されている『古事記』とは、大きく事情が違います。『万葉集』の場合とは別の意味で、『日本書紀』の用例の処理には面倒なところがあります。

そうしたことを考慮したうえで、『日本書紀』の歌謡に見られる名詞の「女」と助動詞「め」の表記を確認しておきましょう。この二語は、どちらも五例ずつ歌謡に出ています。「女」には次の例があります。

16　避奈菟謎能（夷《ひな》つ女《め》の）〔三〕
17　揶摩之呂謎能（山背《やましろ》女《め》の）〔五七〕
18　揶弁之呂謎能（山背《やましろ》女《め》の）〔五八〕
19　倶波絁謎嗚（麗《くは》し女《め》を）〔九六〕
20　与慮志謎嗚（宜《よろ》し女《め》を）〔九六〕

『古事記』の歌謡と同じ句が三例あります。しかし、歌謡番号の三から九六まで、「女」にはすべて「謎《め》」という仮名が用いられています。
もう一方の、助動詞の「め」はどうでしょう。

21　辞羅儒等茂伊波梅。（知らずとも言はめ）　〔五八〕
22　哆多彌等異泮梅。（畳《たたみ》と言はめ）　〔七〇〕
23　枳挙曳儒阿羅毎。（聞こえずあらめ）　〔八二〕
24　謌々梅騰謀（懸《か》かめども）　〔九〇〕
25　倭我底烏騰羅毎。（我が手を執《と》らめ）　〔一〇八〕

21と22は『古事記』と同じ句ですが、ほかの三例はそれぞれ別の句になっています。表記を見ると、21と22と24の三例の「め」は「梅」で書かれ、23と25の「め」は「毎」で書かれています。「梅」と「毎」とは木偏があるものとないものとの違いであり、同じ音節に多種の仮名を用いるという『日本書紀』の表記方針を反映するものです。

しかし、名詞の「女」を書くのに用いられている「謎」は、助動詞の「め」を書くのには用いられていません。また逆に、助動詞の「め」を書くのに用いられている「梅」「毎」は、名詞の「女」を書くのには用いられていません。『日本書紀』でもまた、『古事記』の場合と同じく、二つの語は別の仮名で厳密に書き分けられているわけです。

『古事記』の「売」「米」に倣《なら》って、『日本書紀』の歌謡のなかで「謎」「梅」「毎」がどのように分布しているのかを、同じように表に整理しておきます。

歌番号	三	五七	五八	五八	七〇	八二	九〇	九六	九六	一〇八
女	謎	謎	謎					謎	謎	
め				梅	梅	毎	梅			毎

こちらの分布は、『古事記』の場合よりやや単純になっています。しかし、書き分けが行われていることはきわめて明瞭です。五八番歌には、名詞の「女」と助動詞の「め」の双方が出ています。しかし、ほかの歌の場合と同様に「謎」と「梅」とで二つの語は書き分けられています。また、九六番歌には「女」が二回出ており、どちらにも「謎」が用いられています。

名詞の「女《め》」…………謎
助動詞の「め」…………梅・毎

ほかの単音節語の「メ」は、『日本書紀』ではどのようになっているのでしょう。同書には「目」が四例あり、「芽」が一例あります。四例ある「目」のうち、三例は「梅」で、残る一例は「妹《メ》」で書かれています。また、一例ある「芽」は「梅」で書かれています。「妹」は別として、「芽」「目」に、助動詞の「め」を書くのと同じ仮名を用いているという点は、『古事記』の場合と同じです。

『日本書紀』に見える二つの語の「メ」の表記は、以上のような状況になっています。『古事記』と同様に、『日本書紀』でも二つの語の「メ」が厳密に書き分けられていることが確認できます。どちらの文献にも、二つの語の「メ」を同じ仮名で書いた例は一つもありません。この明瞭な現象を単なる偶然の結果だと考えるのは、どうしても無理であり不可能です。

中古語の音節

ここで、『古事記』『日本書紀』の両書に見える、名詞の「女」と助動詞の「め」の書き分けは何を意味するのかという、さきの問題にようやく踏み込めることになりました。本章の初めに、これからの話題は音韻に関するものだと述べたとおり、二語の「メ」の書き分けは、発音の違いつまり音韻の違いに基づくものでした。

実は、「メ」という音節に認められる書き分けと同じような二種の書き分けは、ほかに、

キ・ヒ・ミ・ケ・ヘ・コ・ソ・ト・ノ・モ・ヨ・ロ

などの各音節と、濁音節の、

ギ・ビ・ゲ・ベ・ゴ・ゾ・ド

などにもはっきり認められます。そのことは、上代の文献を対象とした徹底的な調査によって、今から何十年も前に確認されていることです。書き分けがあるのは、「メ」を含めて全部で二十の音節です。ただし、このうち、「モ」の書き分けは『古事記』に認められるものであり、『日本書紀』の全体や『万葉集』の全体には認められません。

上代語の書き分けをもっとわかりやすく、中古に見られる書き分け、つまり中古にあった音節の区別と比較しながら説明することにします。

紀貫之《きのつらゆき》が『土佐日記』を書いた十世紀の中頃には、次にあげる六十八の音節が仮名で書き分けられていました。[*4]

ア a	イ i	ウ u	エ e	オ o
カ ka	キ ki	ク ku	ケ ke	コ ko
サ sa	シ si	ス su	セ se	ソ so
タ ta	チ ti	ツ tu	テ te	ト to
ナ na	ニ ni	ヌ nu	ネ ne	ノ no
ハ Φa	ヒ Φi	フ Φu	ヘ Φe	ホ Φo
マ ma	ミ mi	ム mu	メ me	モ mo
ヤ ya		ユ yu	江 ye	ヨ yo
ラ ra	リ ri	ル ru	レ re	ロ ro

ガ ga	ギ gi	グ gu	ゲ ge	ゴ go
ザ za	ジ zi	ズ zu	ゼ ze	ゾ zo
ダ da	ヂ di	ヅ du	デ de	ド do
バ ba	ビ bi	ブ bu	ベ be	ボ bo

ワ wa　ヰ wi　ヱ we　ヲ wo

右の一覧表では、ハ行の子音をギリシア文字の「Φ」で表しています。第二章でも述べたように、ハ行の子音は、英語などに用いる唇歯音の［f］ではなく両唇音でしたので、その両唇音を「Φ」や「F」などで表す習慣があるのに従ったものです（↓六七ページ）。また、ア行のeを「衣」で表し、ヤ行のyeを「江」で表すことも、かつて研究者の間ではよく行われていたことです。『土佐日記』よりも遅く成立した『源氏物語』は、十一世紀の初めの頃に執筆されたと推定されています。その頃にはア行のeとヤ行のyeとは区別がなくなり一音になっていたことが、やはり多くの文献の調査によって確認されています。また、右の表のうち、ア行のo（オ／お）とワ行のwo（ヲ／を）も、既に区別がなくなりかけていたか、あるいはすっかり区別がなくなっていたか、のどちらかだったろうと推定されます。

「キャ」「キュ」「キョ」とか「ニャ」「ニュ」「ニョ」とかの拗音《ようおん》が、一覧表には入っていません。それは、拗音のほとんどは、あとの時代になって、おもに漢字の読みから日本語に入り込んだものだからです。『源氏物語』の時代にはまだ日本語の一般的な音節としては定着していな

＊4　個々の音節、たとえばサ行・タ行・ハ行とその濁音が実際にどのように発音されていたかについては、研究者によって見解・判断が微妙に異なっています。ですから、次のローマ字表記は、あくまでもおおよその推定です。

かった、と考えて特に問題はありません。*5

上代語の音節

上代語で書き分けられていた音節は、右にあげた中古の六十八よりもずっと多くありました。それは、さきにも述べたように、

キ・ヒ・ミ・ケ・ヘ・メ・コ・ソ・ト・ノ・モ・ヨ・ロ

などの各音節と、

ギ・ビ・ゲ・ベ・ゴ・ゾ・ド

などの濁音節の、計二十の音節に、それぞれ二種の発音の違いがあり、書き分けがあったからです。全部で八十八種です。その書き分けを、一般に「上代特殊仮名遣い」と呼び習わしています。二十音節にわたる上代特殊仮名遣いの書き分けは、母音の違いに注意して見てみると、イ列・エ列・オ列の音節にあって、ア列とウ列の音節にはありません。

書き分けがあった二種の音節は、一方は「甲類」、他方は「乙類」として古くから呼び分けられています。そして、二種の違いは母音にあったという考えかたに立って、次のように表記し分けるというのが、多くの研究者が行ってきた方法です。

甲類……i e o
乙類……ï ë ö

また、たとえば、「キ」の甲類にあたるものを「ki_1」、「キ」の乙類にあたるものを「ki_2」というように、それぞれ母音に「1」「2」を付けて甲類と乙類とを区別することもありますし、「コ」の甲類と乙類とを「コ甲」「コ乙」というかたちで表示し分けることもあります。さらには、甲類の音節を平仮名で書き、乙類の音節を片仮名で書くということも、かつて一部で行われました。辞書の類には、たとえば「け」「け」というように、傍線の位置で甲類・乙類を区別しているものもあります。

二種の書き分けが行われていることについて、たとえば「キ」「ケ」の音節で言うと、甲類にあたる[kji][kje]と乙類にあたる[ki][ke]のように、イ列・エ列の音節では母音ではなくて

＊5 「拗音」の「拗」は「ねじれる」「こじれる」などの意を表す字ですから、「拗音」という呼びかたは古い時代の偏《かたよ》った価値観に基づくものです。

子音に違いがあったことを反映するものだ、と考える研究者もいます。しかし、ここでは、従来の考えかたのように甲類・乙類の区別は母音にあったという仮定に立って説明を進めます。[*6]

イ列とエ列に甲類・乙類の区別があったのは、それぞれ五音節ずつです。

甲	ki	Φi	mi	gi	bi
	キ	ヒ	ミ	ギ	ビ
乙	kï	Φï	mï	gï	bï

甲	ke	Φe	me	ge	be
	ケ	ヘ	メ	ゲ	ベ
乙	kë	Φë	më	gë	bë

これに対して、オ列に甲類・乙類の区別があった音節は、二倍の十音節に及びます。

甲	ko	so	to	no	mo	yo	ro	go	zo	do
	コ	ソ	ト	ノ	モ	ヨ	ロ	ゴ	ゾ	ド
乙	kö	sö	tö	nö	mö	yö	rö	gö	zö	dö

これらの音節のうち、一方の二十音節にあたるものが中古にはなくなって、他方と合流しました。上代語にあった八十八音節が、中古では六十八音節に減ったわけです。

このように、上代語に区別のあった音節の数は母音によって大きく違っています。それは、もともと書き分けのあった音節が次第に区別を失っていきつつある、その過渡期にあたっていたからでしょう。現に、さきにも述べたように、『古事記』に二種の書き分けがあった「モ」は、『日本書紀』『万葉集』の全体ではもう書き分けられていません。[*7]

中古に入ると、「コ」だけを残して、上代特殊仮名遣いと呼ばれる書き分けはなくなりました。また、その「コ」の甲類・乙類も、九世紀の中頃には合流して一種になってしまいました。「コ」の二種の書き分けがなくなったことによって、上代特殊仮名遣いが完全に消滅したわけです。

甲類と乙類とが合流した際には、甲類の音韻が乙類の音韻と同じになったのか、その逆の方向での合流が起こったのか、ということが疑問になります。一般論で言えば、使用頻度の高いほうへ、それの低いほうが合流すると想定されます。しかし、具体的にどうだったのかということは、手続き上の難しさもあって細かくは明らかになっていません。[*8]

＊6　上代語の母音の数に関する諸説は、あとで簡単に紹介します。
＊7　ただし、『古事記』に用いられている「オ」「シ」「ホ」の仮名に、かつてあった二種の書き分けのなごりを認める研究者も、少なからずいます。
＊8　合流への実際の動きは、音節ごとに微妙に異なっていたようです。

書き分けの原理

二語の「メ」に別の字が用いられている理由を説明しようとして、かなり遠回りをしてしまいました。

『古事記』や『日本書紀』にあった、名詞の「女《め》」と助動詞の「め」との書き分けは、「メ」の甲類・乙類の違いにもとづくものでした。名詞の「女」に用いられている、『古事記』の「売」と『日本書紀』の「謎」は、甲類の「メ me」を表す仮名でした。また、助動詞の「め」に用いられている、『古事記』の「米」と『日本書紀』の「梅」「毎」は、乙類の「メ më」を表す仮名でした。音韻に違いがあるから別の仮名を用いて書き分けた、というわけです。[*9]

しかし、単に音韻が違ったから別の仮名を用いて書き分けた、というだけではありません。「メ」に限らず、二種の区別があったどの音節でも、甲類に用いる仮名と乙類に用いる仮名とでは、それらの漢字が表す具体的な発音、つまり中国での発音のグループがたがいに異なっていた、ということが早くから指摘されています。言い換えれば、甲類に用いる多くの仮名に共通する音韻的な特徴と、乙類に用いる多くの仮名に共通する音韻的な特徴が、たがいに異なっているということです。甲類・乙類の音韻上の違いになるべく近く、また二つのグループを明確に区別しうる漢字群を、人々が多くの漢字のなかから選択して用いたからです。

活用の種類	未然形	連用形	終止形	連体形	已然形	命令形
四段活用	a	i			ë	e
上一段活用	i	i	iru	iru	ire	i
上二段活用	ï	ï				ï
下二段活用	ë	ë				ë
カ行変格活用	ö	i				ö

参考までに言及しておくと、上代語の「目」も「芽」も乙類の「メ」でしたから、『古事記』ではこれらの二語を「米」で書いたわけです。

同じ音節に多種の仮名を用いる『日本書紀』では、甲類のメに「謎」「咩」「迷」「綿」の四字を用い、乙類の「メ」には「梅」「毎」「妹」「昧」の四字を用いています。「目」「芽」を書くのに乙類の仮名を用いているのは、音韻面で当然のことです。

甲類・乙類の違いは、語源の違いや活用の違いにも深くかかわっています。そのことを、同じ「メ」の音節をもつ二つの語を見て確認しましょう。誰かの占有物であることを表す「標《しめ》」と、上代から現代まで使われている動詞の「示す」、この二つです。「標」というのは、もっとわかりやすく言えば、誰かの占有物であることを他人に知らせ、他人がそれにかかわることを禁じる印のことです。また、「示す」というのは、特定の事態を視覚を通じて他人に知らせる行為です。このように、「標」と「示す」の二語は、意味的にとても近く、また音韻

＊9　違う音節に別の字を用いることは、現代でも普通に行っていることです。

面でもよく似ています。それで、二語の間には語源的な関係があるだろうと考えがちです。しかし、「標」は simë であり、「示す」は simesu でした。「メ」に乙類の më と甲類の me との違いがあったわけですから、二語は語源が同じだとは一般的に考えられません。[*10]

上代語の動詞の活用形と甲類・乙類との関係を、わかりやすいように一覧表のかたちに整理しておきました。表を見れば明らかなように、「標」の語源である「占む」に限らず下二段活用の連用形語尾には共通して ë が現れます。[*11]

借訓字の場合

以上で見たのは、漢字の音読みを用いた音仮名《おんがな》の例です。一方、仮名には訓読みを利用した宛字《あてじ》、つまり「借訓字《しゃっくんじ》」「借訓仮名《しゃっくんがな》」などと呼ばれるものもあります（↓序章）。二種の書き分けは、音仮名だけでなく借訓字を用いる場合にも行われていますので、そのことを『万葉集』の「メ」の例で見てみます。

「恋が（進展せず）滞《とどこお》っているのか」という意味の「恋の淀《よど》める」（十一・二七二一）という表現が『万葉集』にあり、それは「恋乃余杼女留《のよどめる》」と表記されています。これには、借訓字の「女《め》」が含まれています。借訓字のもとになる「女《め》」という語が甲類の「メ」だったことは、さきに見たとおりですし、「淀む」に完了・存続の「り」が付いた「淀める」の「メ」も甲類です。同じ甲類の「メ」だから、「女《め》」という借訓字を「淀める」の「メ」の表記に用いることができたわけです。

一方、「む」の已然形の「め」が乙類の「メ」だということも、さきに見たとおりです。この「め」を借訓字の「海藻《め》」で書いた「奥裳《おくも》何如《いかに》荒《あら》海藻《め》」〔四・六五九〕という句があります。この「奥も如何《いか》にあらめ」は、「今後どうなることだろう」という意味のものです。「海藻《め》」は「若布《わかめ》」「広布《ひろめ》」などの「め」と同じく海藻・昆布《こんぶ》の類を表す語であり、助動詞の「め」に「海藻《め》」を借訓字として用いたのは、どちらも乙類の「メ」だったからです。

借訓字の例は、『万葉集』にきわめて多くあります。それらの用法を細かく見てみると、音仮名よりも二種の書き分けの正確さに欠けるところがあります。しかし、それでも、仮名遣いに合わない特異な例はごく少数であり、ほとんどの例は正しく使われています。

訓読みする字まで書き分けが行われていたということは、当時の日本人には甲類・乙類の音韻が、やはりまったく違うものとして認識されていた、ということです。

＊10 「標《しめ》」は、「占《し》む」という下二段活用動詞の連用形に由来する名詞です。同じ活用の連用形の語尾には、規則的に乙類の「メ」が現れました。上代語の「占む」は、現代語にも継承されて「占《し》める」となっています。

＊11 上代語の活用語の命令形は、助詞の「よ」を付けないで使われることがありました。たとえば『古事記』の「乱れば乱れ」〔八〇〕が、「乱れるのなら乱れろ」という意味であり、あとの「乱れ」が命令形であるのに、「乱れよ」ではなく「乱れ」となっています。それで、前の表でも「よ」を省略しておきました。

第五章　音韻が種々の変化を起こす

母音の数に関する諸説

上代語にどのような種類の音節があったのか、それらが一つ一つの語とどのようにかかわっていたのかということは、前章の説明でほぼ理解できたのではないかと思います。

この章では、話題を母音と子音とに分けて、音韻・音節のさまざまな現れかたや使われかたについて、上代語から中古語へという歴史的な視点に立って説明します。まず、母音にかかわるさまざまな現象を見ていくことにします。

言語を研究する際の最も基本的なこととして、その言語にはいくつの母音と子音とが存在するのかを確認する、という作業があります。そのことは、前章の冒頭でも述べたとおりです。

しかし、現在の研究段階では、上代語にあった母音について明確な数を提示することができません。それは、研究者によって個々の用例の処理や音韻現象の解釈に違いがあり、得られた結論も違ってくるからです。

古くからあるのは、八十八の音節が区別され書き分けられていたことをそのまま認めて、上代語の母音は八種だったとする考えかたです。つまり、a・i・u・e・o のほかに ï・ë・ö もあったから八母音だったのだという、かつての日本語学者たちがいだいていた考えかたです。また、これも前章で述べたように、イ列・エ列の甲類・乙類の区別は子音にあって、たとえばカ行の場合は[kj]と[k]との違いだったろうという、言語学者の提唱した説があります。その説では、オ列の甲類・乙類の区別だけは母音にあったと考えますから、母音は六種だったということになります。さらに、別の言語学者は、二種の書き分けのある音節がどのような音韻環境のもとに現れるかを細かく調査したうえで、二種のうち一方の音節は他方の音節が環境に応じて変異したものだ、と解釈しています。そして、当時の母音は五種だったと結論づけています。以上の諸説とは別に、中国語や漢字音の歴史を専門とする研究者が、上代日本語にはa・i・u・e・o・ï・əの七種の母音があった、という見解を述べています。

それにしても、甲類・乙類の二種の書き分けが行われている事実から、どうしてそれだけの学説の違いが出てくるのでしょうか。

上代語の音韻について考えるには、当時の日本語が漢字だけで書かれた古い文献・資料を材料にし、かつ中古の音韻への自然な推移を想定する、ということが基本になります。そのことが、学説の分かれる大きい理由だと言えます。つまり、当時の日本語の母音・子音が実際にどのようなものだったのかは、古い中国語、古い漢字音との対応関係を通して推測することになる、ということです。そこに見解の相違の生じる余地がありますし、既存の学説が妥当なものなのかどうかの検証を困難なものにしてもいます。

音声・音素・音韻

母音の数について研究者の間で見解が分かれている理由は、古い漢字音のこと以外にもあります。それは、さきほど紹介した六母音説や五母音説に直接にかかわることです。

二種の書き分けが行われていても、一方の音はその音韻環境に応じて他方の音へと変異した音だと解釈できる場合には、二つの音のそれぞれを別の基本的な単位としては扱わないという処理方法が、古くから言語学にあります。いわゆる「相補分布《そうほぶんぷ》（complementary distribution）」の考えかたです。

相補分布ということを説明する際によく例に引かれるのは、現代日本語に見られるサ行の子音です。

サ［sa］　シ［ʃi］　ス［su］　セ［se］　ソ［so］

耳で聞く実際の音声としての子音は、おおざっぱな言いかたをすれば、「シ」の場合だけ［ʃ］になっていて、「サ」「ス」「セ」「ソ」では揃って［s］になっています。このような場合、［s］は［i］という母音の影響で口蓋化《こうがいか》して［ʃ］という音として現れるのだと解釈します。［a］［u］［e］

［o］の前では［s］が現れ、［i］の前では［ʃ］が現れるというように、［s］と［ʃ］は相互に補い合う分布をなしているわけです。また、［s］と［ʃ］は音声としては違うものですし、また聴覚印象も違うものなのですが、語と語とを区別するのには役立っていません。それで、［s］と［ʃ］には音韻的対立がない、つまり二つの音は独立した「音素《おんそ》（phoneme）」ではないと判断し、サ行の子音は /s/ の一つだとして処理します。

同じような相補分布は、現代語のタ行の子音やハ行の子音にも認められますから、どちらの行でも音素としての子音は一つだということになります。書き分けがそのまま音素の違いに対応するだとか、万葉仮名で書き分けられている音節はそれぞれ別の音素を含むものだとかといった、単純な考えかたは通用しないのです。

このように、「音素」とは具体的な音声を捨象し抽象化した単位のことであり、/s/ /t/ /h/ のように / / のなかに入れて表示するのが習慣になっています。本書のこれまでの説明では、「音素」という語はあえて使わずに、漠然と「音韻」とか「発音」とか「音」とかという言いかたをしてきました。

イ列・エ列に認められる甲類・乙類の違いは子音にあって、たとえばカ行の場合には［kj］と［k］との違いだったとする六母音説を、さきに紹介しました。その説では、［kj］と［k］とは相補分布をなすと考えますから、甲類・乙類はそれぞれ別の音素を含むものだと認めないわけです。五母音説でも同じですが、その説では、オ列甲類の母音はオ列乙類が環境に応じて変異したものだと考えますから、音素としては五母音だという結論になります。

甲類・乙類の書き分けがあって、それが語源の違いや活用の違いに密接にかかわっていても別の音韻的単位だと認めないというのは、あるいは納得がいかないかも知れません。当時の人々がそろって二種を書き分けたということは、それらが別のものだとはっきり認識していたからだと思われます。それでも二種を別のものだとは認めないというのが、学問的な手続きです。そこに一つの疑問をいだく人もいるでしょうが、上代語の母音の数に関する諸説はいま説明したとおりです。

上代を遡るさらに古い時代の日本語には、a・i・u・ö の四母音しかなかっただろう、ï・e・ë・o の四母音はあとになってできたものだろう、という説もあります。四母音本来説、逆に言えば四母音新出説ですが、それは然るべき根拠に基づく推定です（↓次項）。

二つの母音の融合

上代語では、語を構成する音節は、母音（vowel）一つだけでできているか、一つの子音（consonant）に一つの母音が続くかたちになっているか、のどちらかに限られていました。子音のない、母音一つだけの音節は、語の初めにしか現れませんでした。子音が連続することはなく、母音が連続することも原則として避けられました。そして、すべての語が母音で終わっていました。そのような音節のありかたは、「CV構造」と呼ばれています。「CV構造」は、多くの人が何年間にもわたって学ぶ英語の音韻構造に較べれば、とても単純なものです。

すべての語が母音で終わっていて、かつ母音で始まる語が存在する以上、語と語とが結合して熟語や複合語などを構成する時には、母音が連続するという事態が起こりえます。そうした場合には、特有の音韻的な現象が熟語・複合語に生じて、結果的に母音が連続することはほとんど避けられました。上代語は母音が連続することを嫌う言語だった、と言われる所以《ゆえん》です。

母音で始まる語とは、たとえば名詞の「iki（息）」「isi（石）」や、動詞の「ari（有り）」「aΦu（合ふ）」などです。ほかの品詞にも、母音で始まる語は少なからずあります。これらの語が別の語に続いて次のような母音の融合現象を起こした例が、実際に文献に見えます。

1　「長＋息」→「嘆き」（naga ＋ iki → nagëki）
2　「大＋石」→「大石《おひし》」（oΦo ＋ isi → oΦïsi）
3　「鳴き＋有り」→「鳴けり」（naki ＋ ari → nakeri）
4　「数＋合ふ」→「数《かぞ》ふ」（kazu ＋ aΦu → kazoΦu）

1の場合にはaiがëになり、2の場合にはoiがïになりました。3ではiaがeになり、4ではuaがoになりました。完了・存続の助動詞の「り」というのは、3のような融合が起こった場合の、「り」の部分だけをさして言ったものです。[*1]

「おそらく」「おもわく」という言いかたが、現代語にあります。この種の言いかたは上代語に数が多く、一般に「ク語法」と呼ばれています。活用語を名詞化する語法です。上代語には、「悲しいこと」という意味の「悲しけく」や「無いこと」という意味の「無けく」などのク語法もあります。「悲しけく」「無けく」などは、形容詞の連体形に体言の「あく」がついてできたク語法だ、と説明されています。その説明によれば、形容詞の「――けく」というク語法も、iaが融合してeになるという、3と同じ現象が起こって成立したものだ、ということになります。

現代語でも、「高い」を「たけえ」と言ったり「旨《うま》い」を「うめえ」と言ったりします。これらは、音韻上の現象だけを見れば、「長息」が「嘆き」となった1にきわめて近いと言っていいでしょう。しかし、「たけえ」「うめえ」は品のないぞんざいな言いかたであり、普通は口頭語に現れます。1〜4の例にも同じようなニュアンスが伴ったということは、それらが雅《みやび》な歌に使われたものである点で、想定しがたいことです。

母音の脱落

母音が連続する可能性が上代語に生じた場合には、融合とは別の音韻変化も起こりました。二つの母音のうち一方の母音が脱落して他方の母音が残る、という現象です。

5「呉《くれ》＋の＋藍《あゐ》」→「紅《くれなゐ》」(kure ＋ nö ＋ awi → kurenawi)
6「小《さざれ》＋石《いし》」→「小石《さざれし》」(sazare ＋ isi → sazaresi)
7「朝《あさ》＋明《あ》け」→「朝明《あさけ》」(asa ＋ akë → asakë)

5では**öa**のうち前の**ö**が脱落し、6では**ei**のうちあとの**i**が脱落しています。普通は5のように前に位置する母音が脱落しますが、時には6のようにあとに位置する母音が脱落します。どちらの母音が脱落するかは、母音を発音する際の口の広さ・狭さや響きの度合いに関係があると言われています。しかし、脱落は別の条件にも左右されるようであり、一つの原理だけで説明し尽くすことが難しい状況です。7は**aa**という同じ母音の連続ですから、どちらの**a**が脱落したかはわかりません。しかし、結果的に母音の連続が避けられています。

ほかの母音脱落の例を、いくつかあげておきます。「荒磯《あらいそ》」が「ありそ」、「国内《くにうち》」が「くぬち」、「下思ひ」が「したもひ」、「早馬《はやうま》」が「はゆま」、「腹の内」が「はらぬち」、「若鮎《わかあゆ》」が「わかゆ」、「吾が妹《いも》」が「わぎも」、「麻績《をうみ》」が「をみ」となったものなど、どれも一字一音式に表記された確かな例があります。名詞以外にも、「飯《いひ》に餓《う》ゑて」が「いひにゑて」、「汝《な》を置きて」が「なをきて」、「心は思へど」が「心はもへど」となった例などもあります。歌を構成する句に起こった

＊1 さきに紹介した四母音本来説つまり四母音新出説は、これらの母音融合の実例があることを根拠にしています。

現象です。

さきの母音融合のところで、完了・存続の助動詞「り」について簡単に説明しました。助動詞のなかには、母音融合とは別に、5〜7の例と同種の母音脱落によって成立したものもあります。「——て有り」「——に有り」「——ず有り」という結合から、「たり」「なり」「ざり」が成立しました。終止形に接続する「なり」は「音有《な》り」あるいは「音有《ね》り」から、同じく「めり」は「見《み》有り」から、それぞれ成立したと言われています。また、さきにも述べたように、動詞・助動詞がク語法を構成する場合にも、連体形に「あく」が付く際に母音脱落が起こったと想定されています。

母音の脱落というと、現代語でも「考えておく」を「考えとく」と言ったり、「油揚《あぶらあ》げ」を「あぶらげ」と言ったりすることが想起されます。どちらも口頭語に現れます。二母音のうち一つが脱落したために、母音が連続しなくなったという点だけを見れば、「考えとく」「あぶらげ」と5〜7とは同じ現象です。

母音の交替

母音にかかわる現象の一つに、「母音交替《こうたい》」と呼ばれるものもあります。「交替」とは「入れ替《か》わる」ということです。具体的には、同じ物や類似することがらをさす同源の語が、子音は同じで単に母音が異なるだけの関係にある、という現象をさします。この現象は、多かれ少なかれどの時代の日本語にも見られるものです。[*2]

上代語にも、そうした実例は少なくありません。たとえば、「しなやかな竹」の意を表す語に「なゆ竹」「なよ竹」の両形があり、同じ蔓《つる》草の呼び名にも「さな葛《かづら》」「さね葛」の両形があります。「遠く隔たった所」という意味の語にも「退《そ》きへ」と「退くへ」とがあり、「入れ物／器」をさす語にも「か」と「け」とがあります。また、「神の降りる山／神を祀《まつ》る山」という意味の呼称にも、「みむろと山」と「みもろと山」とがあります。「白」という語には、「白雲《しらくも》」「白波《しらなみ》」「白玉《しらたま》」のように「しら」という語形がある一方、「白髪《しろがみ》」「白栲《しろたへ》」「白腕《しろただむき》」のように「しろ」という語形もあります。この「しら」「しろ」は現代語にまで継承されており、両語の間に意味的な違いは認められません。母音交替の類例はまだほかにもあります。

これらのなかには、古い語形と新しい語形という関係にあるものも含まれている可能性があります。しかし、あげた語はどれも上代の文献に見えるものばかりです。同じ時期に詠まれた別の歌にそれぞれ別の語形が用いられている、といった場合もあります。

右にあげたのは、どれも母音だけが入れ替わったものです。しかし、どういう場合にどの母音が現れるかについて、上代語に特別の規則があったわけではないようです。現代では知ることの

＊2　「一《ひと》（Φitö）」「二《ふた》（Φuta）」「二十《はた》（Φata）」という三語と、「夕《ゆふ》（yuΦu）」「宵《よひ》（yoΦi）」「夜間《よは》（yoΦa）」という三語の語源関係について、第三章で言及しました（→一一三ページ以下）

できない何らかの原因で、それぞれの語に個別的に母音の違いが生じたのでしょう。ですから、この現象は「個別的母音交替」とか「散発的母音交替」とかと呼ぶべきもので、つまりは非規則的な母音交替だということになります。

しかし、一定の規則あるいはそれなりの傾向、というべきものが認められる母音交替のタイプもあります。その典型的なものはaとöとが交替する例で、さまざまな品詞にわたる次のような語が知られており、語義やニュアンスに違いが認められるものもなかにはあります。

あれ（代名詞）――おれ　いや（弥）――いよ　か（彼・此）――こ
さ（然・其）――そ　かる（苅・伐）――こる　かわら（擬音）――こをろ
さやぐ（鳴）――そよぐ　たなびく（棚引）――とのびく　な（助詞）――の
ら（助詞）――ろ　たわわ（撓）――とをを　はだら（斑）――ほどろ

上代の文献に見えるのは、右にあげたものを含む二十語ほどです。ただし、ほかの二つの母音の間ではこれほどの明確な交替が確認できず、また交替の現象そのものは確認できても例の数は僅少です。

母音交替にはどんな意味があったのかということについて、交替現象の存在を指摘して多くの例をあげた研究者は、「aとöの交替による造語法」と表現しています。しかし、「造語法」ということで交替現象の意味・背景がすべて説明できるとは思えません。

右にあげた母音交替の例では、aを含む語とöを含む語のどれもが、語義の面でも文法範疇《はんちゅう》の面でもよく対応していると言えます。しかし、実際に例を調査していく過程で常につきあたる問題は、語義がどの程度まで類似していれば母音交替の実例だと認定できるのか、ということです。その点については、客観的な基準を立てることができません。

ある研究者は、「境《さか》」と「底《そこ》」、「高《たか》」と「常《とこ》」、「亦《また》」と「本《もと》」などの対《つい》も母音交替の例だと認めています。しかし、どれも語義が互いに離れすぎていて、これらの対が交替関係にあると見ることには無理があります。認定が恣意的なのです。こうしたことの処理には、慎重さや節度が必要です。

露出形と被覆形

母音交替の現象の一つに、上代語から現代語にまで継承されているタイプがあります。実際の数で言えば、上代の文献に二十数種の確かな例があり、そのうちほぼ半数の例が現代語にも継承されている、というものです。文献上のことに限っても一三〇〇年前のものを継承している現象であり、身近な現象でもありますから、少し詳しく説明します。

まずは現代語の例を見てみます。「雨《あめ》」「酒《さけ》」「胸《むね》」などの語が、そうした母音交替の典型的な例としてあげられます。これらの語のあとに別の語が付いて複合語が作られる場合には、「雨宿《あまやど》り」「酒屋《さかや》」「胸元《むなもと》」のように、もとの「あめ」「さけ」「むね」が母音交替を起こして「あま。——」「さか。——」「むな。——」となります。「上《うえ》」と「上着《うわぎ》」、「風《かぜ》」と「風向《かざむ》き」、「船《ふね》」と「船《ふな》乗り」といった別の例にも、同じタイプの母音交替が見られます。

現代語では複合語を作る時に必ずこの種の交替が起こる、というわけではありません。「雨《あめ》降り」「酒粕《さけかす》」「胸《むね》焼け」「風《かぜ》当たり」などの語のように、もとの語形のままで複合語が作られていることもあります。しかし、上代語には、もとの語形を用いた複合語はほとんど例がありません。

このような母音交替は、「雨隠《あまごも》り」「酒杯《さかづき》」「胸乳《むなち》」「上荷《うはに》」「船飾《ふなかざ》り」など、上代語にも既に見られるものです。上代の文献にも見られるというより、その実例の多さから見て、これはむしろ上代語に顕著に見られた現象だと言えます。上代語に顕著に見られた現象が、ある程度の変化を経験しながらも、長い時を経て現代語にまで継承されているわけです。

この現象を広範に調査した、ある日本の言語学者は、独立して用いられる「あめ」「さけ」などの語形を「露出形《ろしゅつけい》」と名付け、複合語の前項として用いられる「あま——」「さか——」などの語形を「被覆形《ひふくけい》」と名付けました。そして、上代語に見られる両形の使い分けはかなり徹底したものであることを証明したうえで、この交替現象の言語学的な意味・背景について多方面から考察を行いました。それは、独創的かつ緻密な論として、古代語の研究者に広く知られています。

「露出形」という呼称については、改めて説明するまでもないでしょう。もう一方の「被覆形」

という呼称は、「雨」「酒」などの語の末尾が、それらのあとに付く別の語によって覆われた語形だ、と把握したうえでのものです。「露出形」「被覆形」とは別に、「自由形式」「拘束形式」と呼び分ける研究者もいます。

両形のうち、複合語の前項として用いられる被覆形が古形であり、露出形は語の末尾に音韻変化が起った新形だ、と考えられています。

露出形・被覆形の両形をもつ代表的な語の例を、右に引用したもののほかに十語だけあげておきます。

天（あめ／あま――）　稲（いね／いな――）　光（かげ／かが――）
金（かね／かな――）　竹（たけ／たか――）　楯（たて／たた――）
爪（つめ／つま――）　苗（なへ／なは――）　手（て／た――）
目（め／ま――）

ただし、この母音交替の現象に関しては、疑問がいくつかあります。現代語より多くの実例があった上代語には、以上の諸語とは異なって、複合語を作る際に母音交替を起こさない語のほうが普通でした。露出形・被覆形の両形をもつ語よりも、両形をもたない語のほうがずっと多かったのです。母音交替を起こす語とそれを起こさない語との違いがどのようなことに由来するのか、

ということが最も大きな疑問です。具体的に例をあげると、

池《いけ》・亀《かめ》・米《こめ》・鮫《さめ》・標《しめ》・髄《すね》・磽《そね》・栲《たへ》・常《つね》・贄《にへ》・骨《ほね》・豆《まめ》

などのどの語も、複合語を作る際に「いか――」「かま――」「こま――」「さま――」「しま――」「すな――」「そな――」「たは――」「つな――」「には――」「ほな――」「まま――」という被覆形に変化したとしても、何も不思議はありません。しかし、上代から後世まで、これらの語には被覆形と思われるものが用いられた確実な例がないのです。また、「坂本《さかもと》」「妻恋《つまこひ》」「川上《かはかみ》」などに見える「坂」「妻」「川」が単独で使われても、「さけ」「つめ」「かへ」という露出形には変化しませんでした。これらのどの語にも母音交替が起こらないわけです。なぜ母音交替が起こらないのか、理由はまったく不明です。

複合語を作るにあたって母音交替を起こす語のグループと、それを起こさない語のグループとの間には、さらに古い時代に何か根本的な差異があったと考えられます。しかし、その根本的な差異というのがどういうことなのかを明らかにしない限り、この母音交替の現象がすっかり解明できたとは言えないでしょう。

清音と濁音

以上で扱ったのは、どれも母音に関する現象です。ここからは、子音に関するさまざまな現象を扱います。

甲類・乙類の二種の書き分けが母音の違いに基づくものだったとすれば、上代語の子音の種類は中古語のそれと大差がなかったと言えます。しかし、個々の子音については、上代語から中古語にかけて微妙な音声的変化があった可能性はあります。

子音にかかわる問題の一つに、清音と濁音のことがあります。改めて言うまでもなく、上代語でも現代語でも、清音と濁音という場合には、清音のカ行・サ行・タ行・ハ行と、その濁音であるガ行・ザ行・ダ行・バ行のことをさします。

清音の音節と濁音の音節とは、甲類・乙類の二種の相違と同様に、別の万葉仮名で書き分けられています。特に『古事記』『日本書紀』では、ほんの少しの例外を除いて両者が明確に書き分けられています。『万葉集』でも、例外は少し多いものの、やはり書き分けはきちんと行われています。そして、その上代語に見られる清音・濁音の位置は、「滓《かす》」と「数《かず》」、「薄《すすき》」と「鱸《すずき》」、「蠣《かき》」と「鍵《かぎ》」、「旗《はた》」と「膚《はだ》」、「鯛《たひ》」と「旅」、「突く」と「継ぐ」、「習ふ」と「並ぶ」など、中古以降の文献で確認できる清音・濁音の位置と、ほとんど一致します。現代語の清音・濁音は、全体的には古典語のそれを受け継いだものになっています。
その現代語の清音と濁音との違いですが、それは、ハ行とバ行を除けば、

k―g
s―z
t―d

というようなものになっています。少し専門的に言えば、「声の相関」つまり声帯が振動するかしないかによる対立であり、調音点を同じくする無声子音と有声子音との違いです。この点は、上代語でもほぼ同様だったと思われます。

残るハ行とバ行は、現代語の場合、

h―b

という、調音点が異なる例外的な関係にあります。しかし、上代あるいはそれ以前までさかのぼれば、次のような「声」の有無による違いだったと考えられています。

p ― b

上代語のハ行子音は、これまで「Φ」の記号で示してきたように、両唇破裂音の［p］から変化した両唇摩擦音だったという説が古くからあります。また、［Φ］ではなくて［p］だったという説もあります。さらには、同じハ行子音でも、それがどの母音の前に位置するかによって破裂音だったり摩擦音だったりしたのだろう、と想定する説もあります。実際の発音では、語頭では破裂音になり、語中・語尾では摩擦音になるという傾向も、あるいはあったのかも知れません。

このように説が分かれているおもな理由は、やはりハ行の各音節に使われている漢字に、［p］で始まる音韻をもつものと［f］で始まる音韻をもつものとの両方がある、ということです。

ただし、それとはまったく別に、沖縄方言のなかには、「花」「鼻」を「パナ」、「歯」を「パー」、「降る」を「プイン」と発音する方言もあって、どれも古い［p］が残ったものだと言われています。[*3]

＊3　ほかに、これらの語の［p］が［Φ］に変化している方言も［h］に変化している方言もともにあり、さらには［p］と［Φ］が混在している方言もある、と報告されています。

濁音・ラ行音で始まる語

子音に関する上代語の特徴として、濁音が語頭に立たなかったということがあげられます。正確に言えば、濁音が文節の最初に位置することはなかったということです。あまりの寒さに鼻水をすすりあげる様子を「鼻《はな》毗《び》之《し》毗《び》之《し》尓《に》」〔五・八九二〕と描写した例が『万葉集』にあり、それだけが確かな例外のようです。「びしびし」が例外的に文献に現れたのは、それが実際の音を描写した擬音語《ぎおんご》だからでしょう。

「じ」「ず」「べし」「が」「だに」「ど」「ば」などの助動詞や助詞は、濁音だけの語あるいは濁音で始まる語です。しかし、これらは動詞・名詞その他の自立語に付いてのみ使われる付属語ですから、文節の初めに位置することはありません。

現代語には、濁音で始まる語が多数あります。しかし、現代語のように濁音が自立語・文節の最初に立つようになったのは、おもに漢字音からの影響によるものだと言われます。時期的には、それは中古の末の頃からでしょう。

本来の大和《やまと》ことばにも、語頭にあった母音だけの音節が脱落してしまったために、結果的に濁音節が語頭に立つことになったという例が、中古以降にいくつかあります。「笊《ざる》」「抱《だ》く」「出《だ》す」「何処《どこ》」などがそうした例であり、古形は「いざる」「うだく／いだく」「いだす」「いづく／いどこ」です。また、意外に思われるでしょうが、現在「薔薇《ばら》」と書く語も同じで、「茨」を「うばら／いばら」と言ったものの変化形です。

「鞭《むち》」という語は、中古の初めまでは「うぶち」でした。これが母音だけの音節を失って、濁音で始まる「ぶち」という新形ができました。さらに、この新形の[b]が[m]に変化して「むち」になりました。中古に編纂された事典の類には、「むぢ」という語形も見えます。

『万葉集』に、「大寺《おほてら》の餓鬼《がき》の後《しりへ》」〔四・六〇八〕や「婆羅門《ばらもに》の作れる小田《をだ》」〔十六・三八五六〕などの表現が既に見えます。漢語は知識人の間ではめずらしくなかった、ということでしょうか。

ついでに言及しておくと、もとは文節の初めに位置しないという点では、ラ行音も同じでした。そのラ行音が語頭に位置するようになったのも、漢字音の影響によるところが大きいと言われます[*4]。

清音・濁音について補足すべきこととして、濁音は軽い鼻音を伴うものだったということがあります。たとえば、ガ行の子音は[^{ŋ}g]のようなものであり、バ行の子音は[^{m}b]のようなものだったということです。濁音は軽い鼻音を伴うことによって、それを伴わない清音と区別されていたという考えかたもあります。それが妥当な考えかたであれば、清音と濁音との関係は現代語のそれと大きく異なっていたことになります。

＊4　「らし」「らむ」「り」「る／らる」などの助動詞も、活用語に付いてのみ使われます。

以上のように、上代語の濁音の性格にはまだわからない点があり、清音と濁音との関係をどのように把握すべきかについて、研究者の意見が一致していません。

音便が生じていた可能性

中学校・高等学校の国語・古典の時間に、担当の教員が「音便《おんびん》」という現象を取り上げて説明しただろうと思います。音便は四段活用動詞の連用形に顕著に見られる音韻現象であり、「書いて」のようなイ音便、「問うて」のようなウ音便、「読んで」のような撥《はつ》音便、「走って」のような促音便の、四種があります。「広い」「悲しい」などの現代語の形容詞は、連体形の「広き」「悲しき」の末尾にイ音便が起こった語形です。「月立ち」が「朔日《ついたち》」、「被り」が「冠《かうぶり》」、「文板《ふみいた》」が「札《ふんだ》」「取り手」が「把手《とつて》」となったように、名詞に音便が起こった例も多々あります。四種の音便が生じた時期はそれぞれ違っていて、その順序はほぼ右に四種をあげたとおりです。

上代語ではまだ音便が生じていなかった、と一般には説明されています。イ音便・ウ音便はもとより、現在人が「ん／ン」で書く撥音便も、小さい「っ／ッ」で書く促音便もなかったというのです。

ただし、人々にそれと認識されなくても、音声として個別的に音便現象が起こっていた可能性は想定できます。たとえば、五世紀の中頃に作られたと推定される「人物画像鏡《じんぶつがぞうきょう》」（隅田《すだ》八幡宮）

に「意柴沙加《おしさか》」とある地名が、『日本書紀』には「於佐箇《おさか》」として出ています。この「於佐箇」は、第二音節が脱落したかたちです。少なくとも一時期は、促音便を起こして「おっさか」と発音されていた可能性があります。また、『万葉集』に、

8　門《かど》立てて　戸は閉《さ》したれど　盗人之《ぬすびとの》　掘れる穴より　入《い》りて見えけむ　〔十二・三一一八〕

（あなたは門を閉めて戸も閉めてはいたとは言いますが、（私があなたの夢に見えたというのは）盗人が掘った穴からでも私が入っていって、それで夢に見えたのでしょう）

という歌があり、第三句の「盗人之」は「ぬすびとの」と訓じられています。表記と音数律の枠《わく》が、そのように訓ずべきことを示しています。中古以降の文献には「ぬすびと」の例が多数見えますが、その語形は「ぬすみびと」に由来するとしか考えられません。ですから、右の歌の「盗人」は、撥音便を起こして「ぬすんびと」と発音されていた可能性があります。新しい音韻ですから、まだ一音節としては認識されなかったのでしょう。

同じく撥音便を起こしていたかも知れない例として、次の歌の第三句「なぞここば」に含まれる「なぞ」があります。[*5]

*5　「ここば」は、「こんなにも／これほどに」の意を表す副詞です。

9　秋の夜を　長みにかあらむ　奈曽許己波《なぞここば》　眠《い》の寝らえぬも　ひとり寝《ぬ》ればか　〔十五・三六八四〕

（秋の夜が長いからなのか、どうしてこんなにも眠れないのか。一人で寝るからなのか）

この「なぞ」の原形にあたるものが、次の東国の歌に見える「何《なに》そ」です。[*6]

10　多摩川に　曝《さら》す手作り　さらさらに　奈仁曽許能兒乃《なにそこのこの》　ここだ愛《かな》しき　〔十四・三三七三〕

（多摩川にさらして作る手織りの布のように、さらにさらに、どうしてこの児はこんなにも愛しいのか）

9の「なぞ」は、用法のうえでも意味のうえでも10の「何そ」と一致しています。「何そ」が撥音便を起こして、「なんぞ」となっていた可能性があります。

「などかも妹に（奈騰可聞妹尓）告《の》らず来にけむ」〔四・五〇九〕は、「どうして、妻に事情も話さずに来てしまったのだろう」の意です。この「などかも」にあたるものが、

11　本毎《もとごと》に　花は咲けども　那爾騰柯母《なにとかも》　愛《うつく》し妹が　また咲き出来《でこ》ぬ　〔紀一一四〕

（一本ごとに木の花は咲くけれども、どうして愛しい妻がまた咲き出て来ないのだろう）

という『日本書紀』の歌謡に見える、第四句の「何《なに》とかも」です。「何とかも」にも撥音便が起こって、『万葉集』の時代には「なんどかも」となっていた、という可能性も想定できます。

こうした例は少しあるものの、文献の範囲で言えば、音便化の動きは中古に入ってから起こり、それが次第に広まって一般化したということになります。

音便の機能

音便現象が生じてからも歌にはそれを用いることがほとんどなかった、とはよく言われることです。音便形は本来の語形が崩《くず》れたものですから、ぞんざいな言いかたをする場で、口頭語に現れるものでした。それで、上品で雅《みやび》な語をちりばめて構成する歌にはふさわしくなかったのです。『古今和歌集』には、「きちかうの花」と題された、

12　あきちかう　のはなりにけり　白露の　置ける草葉も　色変はりゆく　〔十・四四〇〕

（秋が近い風景に、野はなってしまった。白露の置いている草葉も色は変わっていく）

＊6　第五句の「ここだ」は、9の歌の「ここば」とほぼ同義の副詞です。

という「物名」の歌があり、第一句・第二句の「秋近う野はな（りにけり）」に「桔梗《きちかう》の花」が重ね合わされています。「近く」のウ音便である「近う」が、一一〇〇首の歌を収載する『古今和歌集』でも、ただ一つの例外のようです。

イ音便とウ音便は子音が脱落する現象であり、それが起こった結果、一文節の内部あるいは一語のなかで母音が連続することになりました。一方、撥音便と促音便は母音が脱落する現象であり、結果的に一文節あるいは一語の内部で子音が連続することになりました。どちらの連続も従来はなかったものですから、日本語にとって音便の発生は衝撃的な変化だったと言えます。地域差はありますが、現代語は過去に起こった音便を多く継承しています。

ある種の音便現象について、語と語とが形態の面でも意味の面でも結合して一体化したことを示すものだ、という見解があります。たとえば、「書きて」から「書いて」への変化は、動詞の「書き」と助詞の「て」との単なる連続ではなくて、「書いて」という文節の意味的なまとまりを示すものだというのです。また、もとの「書きて」と音便形の「書いて」は、あらたまった場と気取らない場とで使い分けられたとも指摘されています。この見解が妥当だとすると、音便現象は、発音を容易にするための変化ではなく、また意味なく起こった変化でもなくて、然るべき機能を発揮するために起こったものだということになります。とても魅力的な見解だと思います。

音便の現象は中古に入ってから文献に反映してくるわけですが、従来にはなかった音便が、人々に一つの音韻として明確に認識されるようになるのは中世になってからだ、と言われています。現代語では各種の音便がさまざまな語種にわたって広く使われており、それなしには細かい伝達が不可能になっているとさえ言えます。

学校で教わった時には難しくて面倒なものだと思った音便は、日本語の歴史の上で重要なものであり、日本語の性格に大きい影響を及ぼすものだったのです。

第六章　細かい情報を付け加える

「音《ね》を泣く」「眠《い》を寝《ぬ》」

この章で取り上げるのは、上代語に例の多い言いかたであり、中古語にも受け継がれた言いかたです。ですから、広く古代語を特徴づける表現だと言えるものです。

一般に、「……を」という目的語を伴う動詞を「他動詞」と呼び、目的語を伴わない動詞を「自動詞」と呼びます。たとえば、現代語の「見る」「踏む」などは、「花を見る」「小石を踏む」のように目的語を伴いますから、他動詞に分類されています。これに対して、「泣く」や「寝る」は、目的語を伴わないかたちで使われますから、自動詞に分類されています。古代語でも同じで、「見る」「踏む」は他動詞であり、「泣く」「寝《ぬ》」は自動詞です。

ところが、普通は自動詞に分類される「泣く」「寝《ぬ》」が、時には「……を」という語句を伴って「音《ね》を泣く」「眠《い》を寝《ぬ》」となることが、上代語・中古語ではよくありました。『万葉集』の「哭《ね》耳呼《のみを》泣乍《なきつつ》ありてや（声を出して泣き続けていて）……」〔二・一五五〕の「音のみを泣き」や、「家思ふと伊《い》乎《を》祢《ね》受《ず》居れば（家のことを思って眠らずにいると）……」〔二十・四四〇〇〕の「眠《い》を寝ず」が、目的語を伴った言いかたの実例です。「音《ね》を泣く」「眠《い》を寝《ぬ》」の例はほかにも多数あり、ごく一般的な言いかたでした。
「音《ね》を泣く」は、「忍び泣く」の意ではなく「声を出して泣く」の意です。また、「眠《い》を寝《ぬ》」は、「床《とこ》につく／体を横たえる」の意ではなく「眠《ねむ》る／寝入る」の意です。「音を泣く」の「音《ね》」が声を意味する名詞であるのと同様に、「眠を寝」の「眠《い》」は眠り・睡眠を意味する名詞です。これらの言いかたを現代語に直訳すれば、「声を泣く」「眠《ねむ》りを寝る」というようになりますが、現代人にはとても奇妙な、くどい言いかただと感じられます。
ただし、上代語・中古語の表現でも、名詞の「音《ね》」「眠《い》」を伴わずに単に「泣く」「寝」だけを用いた例のほうが、数としてはずっと多くあります。そのことを考慮すると、上代語・中古語では、動作の内容や状況を具体的に示そうとする時に限って、目的語に相当する語句を動詞に添えた、ということになります。現代語には見られない丁寧な言いかたであり、「泣く」「寝」などの動作に、「声を伴う」「寝入る」などの細かい情報を付け加えるための表現だと言えます。[*1]
目的語に相当する語句が付加された言いかたを、それぞれ別の歌で見ておきます。

1　剣《つるぎ》大刀《たち》　身に添ふ妹を　取り見がね　哭《ね》乎《を》曽《そ》奈《な》伎《き》都《つ》流《る》　手児《てこ》にあらなくに

＊1　こうした言いかたの実例には、「音を泣く」「眠を寝」などのように「を」が用いられる場合と、「音泣《ねな》く」「眠寝《いぬ》」などのように「を」が用いられない場合とがあります。「を」があってもなくても、「音」「眠」が目的語であることに変わりはありません。

〔十四・三四八五〕
（〈剣大刀〉常に私の身に添っている彼女の面倒を見きれずに、私は声を出して泣いてしまった。幼い子でもないのに）

2　杉の野に　さ躍《をど》る雉《きぎし》　いちしろく　啼尓之毛将哭《ねにしもなかむ》　隠《こも》り妻かも　〔十九・四一四八〕
（杉の生えた野で跳ね回っている雉は、はっきりと声に出して泣く隠れ妻といったところか）

3　大和《やまと》恋ひ　寐之不所宿尓《いのねらえぬに》　心なく　この州崎廻《すさきみ》に　鶴《たづ》鳴くべしや　〔一・七一〕
（大和が恋しくて眠れないのに、つれなくもこの州崎あたりで鶴が鳴いてよいものか）

4　白たへの　手本豊《たもとゆた》けく　人の寝《ぬ》る　味宿者不寐哉《うまいはねずや》　恋ひ渡りなむ　〔十二・二九六三〕
（〈白たへの〉手元もゆったりと人が共寝する熟睡もできずに、私は一人で恋し続けることか）

1の歌は、何かの事情で女性のもとを去ることになった男性が、そのことをひどく残念に思って詠んだものと思われます。第四句に「哭《ね》をそ泣きつる」とありますが、「哭」という漢字は、二つの「口」をもつことでも明らかなように、もとは「大声で泣く」の意を表す字です。しかし、ここの「哭《ね》」は単に声を立てることを表すものであり、事実上は「音《ね》」と同じだと見てよいものです。

1の歌の「哭《ね》を……」に対して、2の歌では「啼《ね》に……」となっています。このように、上代語の「を」という助詞は、時には「に」に入れ代わります。たとえば、「悔しく妹乎《を》別れ来にけり（悔しく思いながら彼女と別れて来てしまった）」〔十五・三五九四〕と「君尓《に》別れむ日近くなりぬ（母君と別れる日が近づいてしまった）」〔十九・四二四七〕とでは、「……を別る」と「……に別る」との違いがあります。こうした例はほかにも多いのですが、「を」と「に」とで意味が異なるわけではありません。

3の歌の「眠《い》の寝らえぬに」は「眠の……」という例ですが、一般的な「眠を……」のほかに「眠は……」「眠も……」などの例もあり、名詞の「眠」が多様な文脈で用いられたことを示しています。その別の用例が、4の「熟眠《うまい》は寝ずや」に含まれている、「熟眠」という複合語です。よく似た「朝眠《あさい》」「夜眠《よい》」「安眠《やすい》」などの複合語も、歌には詠み込まれています。*2

「同族目的語構文」とは

動詞の「泣く」は名詞の「音《ね》」と語源的に関係があるという見かたが、古くからあります。比較的新しい専門的な辞書にも、そのように解説しているものが複数あります。「音《ね》」の古形である「音《な》」に活用語尾を付けて活用させたものが「泣く」だ、というのです。それが事実を言い当

*2 「眠《い》を寝《ぬ》」の「を」を用いない「眠寝《いぬ》」という結合形式から、動詞の「寝《い》ぬ」が成立しました。上代の文献には、既に「寝ぬ」という動詞が数多く見えます。後世には、「い寝」の「い」は語幹であり、「ぬ」は単なる活用語尾だ、と人々に理解されるようになったものと思われます。

てたものであるかどうかにかかわらず、「音を泣く」の「音」と「泣く」とは、名詞と動詞との相違はあるものの、きわめて近い意味を表す語だと言えます。[*3]

「眠《い》を寝《ぬ》」の場合も、名詞の「眠」と動詞の「寝」とは、きわめて近い意味を表す語です。ただし、「眠《い》」と「寝《ぬ》」の場合は語形・音韻の違いが大きすぎますから、語源的な関係は想定できません。

「音《ね》を泣く」「眠《い》を寝《ぬ》」のように、動詞とそれの伴う目的語とがきわめて近い意味を表すものである場合、その言いかたは「同族目的語構文（cognate object construction）」と呼ばれます。動詞と目的語とは「同族」の語だ、という認識に基づく呼称です。上代語の同族目的語構文だとして例示される言いかたのなかに、「音を泣く」「眠を寝」は必ず含まれています。

現代語に見られる同族目的語構文の例としてよくあげられるのは、「歌を歌う」「踊《おど》りを踊る」の二つの言いかたです。動詞の「歌う」と名詞の「歌」も、動詞の「踊る」と名詞の「踊り」も、間違いなく同源の語ですから、「同源」も「同族」の一部だと把握されていることになります。「数を数える」「周《まわ》りを回る」「網を編《あ》む」なども、そうした言いかたの類例です。

「音を泣く」「眠を寝」に類する同族目的語構文の例は、上代語・中古語にまだまだあります。正確に言えば、中古語よりも上代語に例が多く見られ、それらは「泣く」「寝」と同様に基本的な動作を表す語に集中しています。以下では、上代語でも特に目立つ同族目的語構文の例をさらにいくつか取り上げて、用法を少し詳しく見ていくことにします。

「心を思ふ」という言いかたも、上代の文献によく見える同族目的語構文の例として、研究者が注目してきたものです。「心を思ふ」というのは、わかりやすく言えば「(何かの)思いを心にいだく」ということです。やはり目的語として「心を」を付加せずに、「思ふ」だけを用いた例のほうがずっと多くありますが、「心を／心」を伴う実例を見てみましょう。

5　今の如《ごと》　心乎常尓《こころをつねに》　念有者《おもへらば》　まづ咲く花の　地《つち》に落ちめやも　〔八・一六五三〕

(今のまま思いをずっといだき続けていたら、春になってまっさきに咲く梅の花のように地面に落ちることなどありますまい)

6　うらぶれて　物な思ひそ　天雲の　絶多不心《たゆたふこころ》　吾念莫国《わがおもはなくに》　〔十一・二八一六〕

(落ち込んで物思いなどしてはいけない。私は〈天雲の〉変わりやすい心をいだいていないから)

5の歌は女性の作です。後半部では梅の花を引き合いに出していますが、歌全体に籠もるのは「相手に対する思いをお互いに持ち続けていれば、二人の仲が絶えるはずはない」という余意です。「心を常に思へらば」では、「常に」が「心を」と「思ふ」との間に置かれてはいますが、確かな「心を思ふ」の例です。五・七の音数律のことを別にすれば、「心を」のない「今の如《ごと》常に

＊3　同様の語源的な関係が想定されている動詞に、現代語でも使われる「嗅《か》ぐ」があります。名詞の「香《か》」に語尾を付けて活用させたものが「嗅ぐ」だ、という解説が複数の専門的な辞書に見えます。

思へらば」とするだけで表現としては十分だったのではないか、と現代人には思われます。

6の歌は、男性が女性に贈った作のようで、「私はあなた以外の女性に心移りすることはない」というような心情を詠んだものです。「たゆたふ心吾が思はなくに」では、「吾が」という主語が、「を」のない「心」と「思ふ」との間に置かれています。こちらの言いかたについても、「心」を用いない、「たゆたひて吾が思はなくに」というような表現で十分だったのではないか、と我々には思われます。

7　鴨鳥《かもとり》の　遊ぶこの池に　木の葉落ちて　浮心《うきたるこころ》　吾不念国《わがおもはなくに》　〔四・七一一〕

（鴨が遊んでいるこの池に木の葉が落ちて浮く、そのように浮ついた心を私は持っていませんのに）

8　明日香川《あすかがは》　明日も渡らむ　石橋の　遠心者《とほきこころは》　不思鴨《おもほえぬかも》　〔十一・二七〇一〕

（明日香川を明日にも渡ろう。〈石橋の〉遠い先のことを考えるなど、思いもよらないことだ）

7の歌の「浮きたる心吾が思はなくに」や、8の歌の「遠き心は思ほえぬかも」、さらには6の歌の「たゆたふ心吾が思はなくに」の用法を見ると、単に「心を」が「思ふ」にかかっているのではないことがわかります。つまり、「心」という語の前にはその内容を具体的に説明する語句を置いて、「……のような心を、私は思わない」という否定表現に仕立てるのが一般的だった、と思われます。

5の歌の「今の如心《ごと》を常に思へらば」は、肯定的な仮定表現になっています。その点で、これは6〜8の場合とは異なる用法のものだと思われるかも知れません。しかし、実際には似た用法のものです。5の歌でも、「心を」の前には「今のように（お互いを愛する）」というような余意を表す、「今の如」が置かれています。その「今の如」を「今の如き」に入れ換えてみれば、5の用法と6〜8の用法との類似が明瞭になります。

当時の人々が、あえて「心を」という語句を「思ふ」に付加し、「心を思ふ」という同族目的語構文を用いたおもな目的は、その「心」の内容を具体的に説明することにあった、と考えることができます。「音《ね》を泣く」や「眠《い》を寝《ぬ》」と同様に、「……を」という語句を付加することにそれなりの理由があったわけです。

状況を描写し分ける「枕をまく」

「音を泣く」と「眠を寝」と「心を思ふ」の三種の言いかたは、上代語に見られる同族目的語構文の例として研究者がたびたび取り上げ、細かく分析を加えてきたものです。しかし、よく調査してみると、研究者が取り上げてこなかった類例は、ほかにも少なからずあることがわかります。同族目的語構文が多く用いられたことは、上代語を特徴づける一つの現象だと言えますから、次にはそれらの実例を一つずつ見ていきましょう。

『万葉集』の歌には、「枕をまく」という言いかたの例が数多くあります。現代語で言うと、「枕にして寝る」ということになります。

「まく」は、もともと「巻く」と同じ動詞あるいは同源の動詞です。これが目的語の「枕を」を承《う》ける時には、「相手に腕をかけて寝る」「(何かを)枕にして寝る」などの意、さらに進んで「妻にする」「娶《めと》る」などの意も表します。

「枕」という名詞は、動詞の「まく」に接尾辞の「ら」が付いてできた語だろうと言われています。それは正しい推定だと思われますから、「まく」と「枕」とは同源の語であり、「枕をまく」は同族目的語構文の一例です。

9　しきたへの　枕巻而《まくらをまきて》　妹と吾と　寝る夜はなくて　年そ経にける　〔十一・二六一五〕

(〈しきたへの〉枕を交わして彼女と私が共寝する夜もないままに、年が経ってしまった)

10　愛《うつく》しき　人之纒而師《ひとのまきてし》　しきたへの　吾手枕乎《わがたまくらを》　纒人将有哉《まくひとあらめや》　〔三・四三八〕

(いとしい妻がまいた〈しきたへの〉私の腕を枕にして寝る人など、ほかにいようか)

11　吾が恋ふる　丹《に》の穂の面《おも》わ　今夜《こよひ》もか　天《あま》の川原に　石枕巻《いはまくらまく》　〔十・二〇〇三〕

(私が恋しく思う赤い顔の妻は、今夜も天の川原で岩を枕にしているのだろうか)

9の歌の「枕をまきて」では、目的語が単純な「枕」になっています。しかし、10の歌の「吾が手枕《たまくら》をまく人」と11の歌の「石枕まく」では、目的語が「手枕」「石枕」という複合語になっています。「まく」の対象になるものの違いが、歌が詠まれた状況の違いに対応しています。10の「吾が手枕をまく人」とは、今は亡き妻が作者の腕を枕にして寝ていたことを背景とする言いかたです。また、七夕《たなばた》歌である11の「天の川原に岩枕まく」とは、牽牛《けんぎゅう》がやって来るのをひたすら待つ織女《しょくじょ》の様子を、遠く離れた所にいる牽牛が想像した、という設定に基づく言いかたです。どちらも、「枕」を含む複合語が「まく」の目的語になったものであり、目的語が細かい情報を付加するという点で、これまで見た同族目的語構文の例と同じです。

「まく」の用例のなかには、「高山《たかやま》の磐根《いはね》四《し》巻《まき》而《て》……」〔二・八六〕と表現することによって高い山の岩の上で死ぬことを示唆した例や、「荒礒《ありそ》矣《を》巻《まき》而《て》伏せる君かも」〔十三・三三四一〕と表現することによって人が海辺の岩場で死んでいることを示唆した例などがあります。目的語の「磐根」「荒礒」と動詞の「まく」は同族の語ではありませんが、どこで何を「まく」のかを描写し分けることによって、作者が置かれた状況の違いを描写し分けたわけです。*4

動詞の「まく」が接尾辞の「ら」を伴うことによって「枕」という名詞ができたのだろう、と言われていることはさきに述べました。『万葉集』には、その「枕」がさらに「く」という語尾を伴ってできた、「枕《まくら》く」という動詞も数例あります。

＊4　ただし、この言いかたは散文には例がなく、歌にのみ見られますから、文学的なニュアンスを含む言いかたただったと思われます。

12　いかにあらむ　日の時にかも　音知《こゑし》らむ　人の膝《ひざ》の上《へ》　和我麻久良可武《わがまくらかむ》〔五・八一〇〕
（どのような日のどのような時に、琴の音の良さを聞き知っている人の膝の上を、私が枕にすることができるだろうか）

これは作者が琴の立場になって詠んだ歌ですから、「吾が」は琴をさしています。「人の膝《ひざ》の上《へ》吾が枕かむ」とあるのは、和琴は膝の上に載せて弾くものだったからです。

「枕」と「枕《まくら》く」とに酷似する例には、蔓草《つるくさ》その他を輪にして作った、髪飾りとしての「縵《かづら》」と、それに語尾の「く」が付いた「縵《かづら》く」とがあります。「紫のまだらの縵《かづら》……」〔十二・二九九三〕は名詞の例であり、「縵有垂《かづらけるしだ》り柳は（髪飾りにした垂《しだ》れ柳は）……」〔十・一八五二〕は動詞化した例です。

「足踏む」の場合

上代語の同族目的語構文に属する例のなかには、「足踏む」「手握《たにぎ》る」「目を見る」その他の言いかたがあります。また、上代語に存在したことが中古語の表現から推定される言いかたに、「耳を聞く」があります。

この四種の言いかたでは、身体部位をさす「足」「手」「目」「耳」などが目的語になっています。そして、それらを伴う動詞が、同じ身体部位を使った動作を表すものになっています。四種のうち、「足踏む」と「手握る」はよく似た表現ですから、ここでは「足踏む」の用例だけを見てみます。「足踏む」は『古事記』に一例、『万葉集』に四例ありますが、これが「足が踏む」の意ではなく「足を踏む」の意であることは、それを含む文脈から明らかです。

13　夏草の　阿比泥《あひね》の浜の　牡蠣貝《かきがひ》に　阿斯布麻須那《あしふますな》　明かして通れ　〔記八七〕

（〈夏草の〉阿比泥の浜の牡蠣貝に、足をお踏みつけになられますな。夜が明けてからそこをお通りなさい）

14　うちひさつ　三宅《みやけ》の原ゆ　直土《ひたつち》に　足迹貫《あしふみぬき》　夏草を　腰になづみ……　〔十三・三二九五〕

（〈うちひさつ〉三宅の原を通って、地面に足を踏みぬき、夏草を腰に絡みつかせ……）

15　信濃道《しなのぢ》は　今の墾《は》り道　刈株《かりばね》に　安思布麻之牟奈《あしふましむな》　沓履《くつは》け我が背　〔十四・三三九九〕

（信濃道は、最近できたばかりの道です。切り株を足で踏みつけてはいけません。沓をお履きなさい、あなた）

13の歌の「牡蠣貝に足踏ますな」は、「牡蠣貝《かきがい》を足でお踏みになられますな」という、軽い敬意を含んだ言いかたです。作者が言いたいのは、「牡蠣貝を足で踏みつけて怪我をしてはならない」ということです。14の歌の「直土《ひたつち》に足踏み貫《ぬ》き」は、息子が苦労して女性のもとへ通うことを心配した親が、息子に問い掛けた表現の一節です。地面を足で踏みつけることを述べていますが、これも実際には足に怪我を負うことを想像した表現です。15の歌の「刈株《かりばね》に足踏ましむな」も同じで、切り株で足を傷つけることを心配しての表現です。しかし、こちらの第五句には「沓《くつ》履《は》け」とあり、それは当時は一般に裸足《はだし》で歩いていたことを示すものだ、と言われています。

13〜15の歌以外に「足踏む」と表現したものは、残る「剣《つるぎ》大刀《たち》諸刃《もろは》の利《と》きに足踏《あしふみて》、死なば死なむよ（剣大刀の両刃が鋭利なやつに足を踏みつけて、死ぬなら死にもしよう）……」（十一・二四九八）と、「浅茅《あさぢ》原《はら》茅生《ちふ》に足蹈《あしふみ》、心ぐみ（浅茅原の茅に足を踏みつけて傷ついたように、心を痛め）……」（十二・三〇五七）の二例です。これらの「足踏む」も、単に足で物を踏みつけることではなく、具体的には足を傷つけることをさしています。計五例ある「足踏む」は、共通して「――に足踏む」という形式になっています。

「踏む」という動詞は、『万葉集』に三十余例あります。右にあげた「足踏む」のほかは、たとえば「伊波祢布牟《いはねふむ》生駒《いこま》の山を（岩根を踏んで行く生駒山を）……」（十五・三五九〇）や、「雪莫踏祢《ゆきなふみそね》（雪を踏んではいけない）」（十九・四二二七）や、「河瀬於踏《かはせをふむに》夜そ更けにける（河瀬を踏んで行くうちに夜が更けてしまった）」（十・二〇一八）などのような、普通の「踏む」ばかりです。「踏む」という動作は「足」によって行うことが自明であり、ことさらに「足」を付加しない、という現代語の「踏む」と同じ用法です。[*5]

同族目的語構文の「足踏む」が、「物を踏んで足を傷つける」という状況でのみ使われたことは、以上で確認したとおりです。そのように用法が限定された理由は、実はよくわかりません。しかし、これが、男性が誰かのもとに行く際や誰かのもとから帰る際に「足を傷つけはしないか」と心配し気遣うという、歌の世界での用法だった可能性があります。つまり、「足踏む」に特定の余意が籠められるのは、歌の世界での約束事だったのではないでしょうか。散文である宣《せん》命《みょう》・祝詞《のりと》にも、「踏む」の用例はいくつかありますが、「足」を伴う例は見えません。

「川の渡り瀬《ぜ》安《あ》夫《ぶ》美《み》漬《つ》かすも（川の渡り瀬で、馬具の鐙《あぶみ》を水に漬《つ》からせることだ）」〔十七・四〇二四〕という例があります。これに含まれる「鐙《あぶみ》」は、馬に乗った人が足を踏み掛ける道具のことです。「足《あ》踏《ぶ》み」に由来する複合語ですが、この「足《あ》踏《ぶ》み」の場合は足を傷つけることとは無関係です。「足《あし》踏み」と「足《あ》踏み」とでは、意味・用法が異なったのでしょう。*6

「目を見る」の場合

同じく身体部位にかかわる「目を見る」という言いかたは、「つらい目を見る」のように現代

＊5　ただし、現代語の「足踏《あしぶ》み」という名詞は、両足で交互に地面・床を踏む動作を表しますから、上代語のそれとは意味が異なります。

＊6　中世には「鐙踏ん張り……」という言いかたもあります。「足踏み踏み張り……」というもとの語構成に戻せば、重複した言いかたであることがわかります。

語にもあります。「つらいことを経験をする」の意です。しかし、上代語の「目を見る」は、それとは違って人に直接に会うことを表します。ですから、上代語では「目」も「見る」も本来の意味を保持しており、同族目的語構文の例だと判断されます。

「目を見る」が歌に詠み込まれた例をあげます。

16　旅にありて　恋ふれば苦し　いつしかも　都《みやこ》に行きて　君之目乎将見《きみがめをみむ》　〔十二・三一三六〕

(旅の途上で恋しくなるのは苦しい。いつになったら、都へ行ってあなたに会えるだろうか)

17　君が目の　恋しきからに　泊《は》てて居て　かくや恋ひむも　枳瀰我梅弘報梨《きみがめをほり》　〔紀一二三〕

(あなたが恋しいばかりに、同じ所に泊まっていてこんなに恋しく思うのでしょうか。あなたに会いたくて)

18　妹目乎《いもがめを》　見巻欲江之《みまくほりえの》　さざれ波　頻《し》きて恋ひつつ　ありと告げこそ　〔十二・三〇二四〕

(彼女に会うことを欲するという、その欲《ほ》りではないが、堀江《ほりえ》に立つさざ波のように私が頻りに恋しがっている、と彼女に告げてほしい)

16の歌の「君が目を見む」は典型的な「目を見る」の例であり、相手にじかに会いたいと作者が願っていることは、「都《みやこ》に行きて」とあることからもわかります。「目」というのは相手の人物をそれに代表させたもので、自分に見える相手の姿をさしています。『日本書紀』に見える17の歌は、女帝が死んだあと、その息子である皇太子が母を慕って詠んだものです。第五句の「君が目を欲《ほ》り」は、母にじかに会いたいという願いを述べたものであり、第一句・第二句の「君が目の恋しきからに」を少し言い換えたような表現です。

18の歌の「妹が目を見まく欲り」は、前の二首の「目を見る」と「目を欲り」とを統合したような表現です。「見まく」までが「堀江」を導入する序詞になっていて、「ほり」の部分で「欲り」と「堀り」とが懸詞的に重ねられています。

『万葉集』には、「目を見る」が十余例あります。そのほかに、相手に対面することを意味する「目」には、「目を欲る」「目が欲し」「目に恋ふ」などの言いかたがあります。

19　横雲の　空ゆ引き越し　遠みこそ　目言《めこと》疎《か》るらめ　絶ゆと隔てや　〔十一・二六四七〕

（横雲が空を渡って過ぎ去るように、遠く離れているからこそ、相手は会うこともことばを掛けることもなくなっているのだろうが、相手は私と別れようとして、会うのを避けているのではないだろう）

これは女性の歌です。第四句に「目言《めこと》」とありますが、「目」がじかに会うことを表すのと同様に、「言《こと》」はじかにことばを交わすことを意味しています。

「耳を聞く」の場合

次に、「耳を聞く」という言いかたですが、これは実際には中古に入ってから文献に見えるものです。しかし、上代には、それを変形したものだと見なしうる「聞きし耳」という例があります。

20　吾聞之《わがききし》　耳尓好似《みみによくにる》　葦の若末《うれ》の　足ひく吾が背　勤《つと》めたぶべし　〔二・一二八〕
（私が聞いた噂《うわさ》によく似ている、葦の葉先のように足がひょろつくあなた、お大事になさいませ）

この歌の「吾が聞きし耳」は、誰かと誰かの会話を作者がその場で聞いたことを述べているのではありません。「吾が背」について人々が蔭《かげ》で話題にしていた内容が「耳」であり、それは噂話《うわさばなし》をさしています。ですから、「耳」は意味的に特殊化されたものです。作者がこの歌を贈った相手は、足の不自由な人だと聞いていたので、作者が歌にそのことを詠み込んで相手をからかった、というのが作歌の状況です。「葦」が同音の「足」を導入しています。

21　物に立ちまじり、人並《な》み並みなるべき耳をも聞くものかはと思ひしに……

〈私のはほかの書に交じってもおり、私のは人並みの書だという評判を聞くはずなどない、と思ったのに……〉

〔枕草子、三一九〕

この文は、『枕草子』の作者が、自分の述作について「人並み並みなるべき耳」など聞くことになるはずがないと思っていた、と述べたものです。「耳を聞く」の確かな例であり、「耳」とは単なる会話ではなく、やはり噂や評判をさしています。

20の「聞きし耳」は「聞いた噂」と訳せますが、この過去の表現を単純化して現在形にすると「聞く耳」となります。そして、その「聞く耳」は、同族目的語構文の「耳を聞く」を変形したものだと見なすことができます。これまで見てきた同族目的語構文の例には、

音《ね》を泣く――泣く音

熟眠《うまい》を寝《ぬ》――寝る熟眠

心を思ふ――思ふ心

という対応関係があるのですが、これと同様に、「耳を聞く」に対して「聞く耳」があった可能性が自然に想定されるのです。[*7]

「声呼ぶ」の用法

これもまた現代人には奇妙な言いかただと感じられるものですが、「声呼ぶ」という例が『万葉集』にあります。「音《ね》を泣く」という言いかたの「音」と「泣く」と同様に、「声」と「呼ぶ」とはきわめて近い意味を表す語ですから、「声呼ぶ」は同族目的語構文の一例だと見てよいものです。

22　月読《つくよみ》の　光を清み　夕凪《ゆふなぎ》に　加古能己恵欲妣《かこのこゑよび》　浦廻《うらみ》漕ぐかも　〔十五・三六二二〕

（月の光が清らかなので、夕凪に船乗りが声を出して入江の辺りを漕いでいることだ）

第四句の「水手《かこ》の声呼び」は、「船乗りが大声を発し」の意です。船の漕ぎ手たちに動作を揃《そろ》えさせるために、一人が大きい声を出すということです。文脈から判断して、「声が呼び……」の意ではなく「声を呼び……」の意だと考えられます。

現代語の「呼ぶ」は、「担当者を呼んで事情を聞く」「私が最初に呼ばれた」のように、おもに「声を掛けて、来るようにし向ける」「相手を確認するために名前などを口に出す」といった意味で使います。ですから、右の歌では、「呼ぶ」そのものの用法が現代語とやや異なっています。

また、現代語では、声を掛ける対象としての人物や動物の名前などに「……を」を添え、「……を呼ぶ」と表現するのが普通であり、「声呼ぶ」とも「声を呼ぶ」とも言いません。現代人の感覚からすると、右の歌でも「呼ぶ」を用いるだけで十分だったのであり、わざわざ「声」を付加する必要はなかったのではないか、と思われます。ただし、複合語の「呼び声」を用いた、「網子《あご》調流《ととのふる》海人《あま》の呼声《よびこえ》（網を引く者たちを統率する漁夫の呼び声）」〔三・二三八〕というような表現なら、現代人が読んでも大きい違和感はいだきません。*8

確かなところでは、ほかに「船人《ふねびと》も水手《かこ》も許恵欲妣《こゑよび》……」〔十五・三六二七〕と「朝凪《あさなぎ》に水手之《かこの》音喚《こゑよび》……」〔四・五〇九〕との二例があります。「声呼ぶ」は当時の一般的な表現だったことがわかります。三例の「声呼ぶ」は、どれも船を漕ぐという場面で用いられています。「網代人《あじろひと》舟 召《よばふ》音《こゑ》（網代人が舟に合図する声）」〔七・一一三五〕のような、「声を呼ぶ」を変形したと見られる「呼ばふ声」「呼ぶ声」という表現も、少なからず例があります。

言うまでもなく、現代語のように「声」を伴なわず「呼ぶ」だけを用いた例のほうが『万葉集』でもずっと多く、数十の例があります。それらは、「妹が名喚而《なよびて》……」〔二・二〇七〕や「さ夜中に友喚《ともよぶ》千鳥」〔四・六一八〕などのような、ごく一般的な用法のものです。

右で確認したとおり、三例の「声呼ぶ」は、船乗りたちに動作を揃えさせるために誰かが大き

*7 現代語の「歌を歌う」「踊りを踊る」にも、「歌う歌」「踊る踊り」という変形した言いかたがあります。

*8 この例の「調《ととの》ふる」も、動作を揃えさせることを表しています。

い声を出す、という場面で用いられています。「呼ぶ」だけを用いる状況とは異なって、「声」を伴う「声呼ぶ」は、複数の人物に同じ動作を行うことを呼び掛ける言いまわしだった、と判断されます。

「声呼ぶ」によく似た状況を描写したものに、

23　み船子《ふなこ》を　阿《あ》騰《ど》母《も》比《ひ》立而《たてて》　喚立而《よびたてて》　み船出《い》でなば……　〔九・一七八〇〕

（船の漕ぎ手を、声を掛けて率《ひき》い、声を掛けて促して、船を漕ぎ出したならば……）

という、長歌の一部があります。「あどもひて」は「声を掛け統率して」の意であり、「呼び立て」は「声を掛けて（動作を）促し」の意ですから、特に「呼び立てて」の句が「声呼ぶ」に対応していると言えるでしょう。当たり前のことですが、同じ状況を描写する場合には誰でも同じ表現を用いるというわけではなく、歌の作者によって表現が異なりえたわけです。

くどい表現？　丁寧な表現？

この章で取り上げた同族目的語構文の例は、十種近くに及びます。現代人からすれば、どの例に関しても目的語を伴うことは必ずしも必要がなく、動詞を用いるだけで十分だったのではないか、と思われるものです。しかし、それぞれの用例・用法を細かく分析した結果、必ずしもそうとは言えないことが確認できました。目的語を伴わずに動詞だけを用いた場合とは異なって、表現する主体が特に細かい情報を付加しようとして目的語を添えたのだ、ということです。具体的に言うと、目的語のない場合とそれがある場合とでは、動詞の表す意味がそれなりに異なるという時に、あえて目的語を添えてそのことを示す、というかたちになっています。

このように、同族目的語構文の例は、基本的に細かい情報を付加するものになっていますが、なかにはそうは言えない例もあります。たとえば、上代の文献に実例のある「楯《たて》を立つ」「使《つかひ》を遣《つか》はす」という例の場合、目的語の「楯」「使」はそれぞれ「立つ」「使ふ」の連用形に由来する名詞です。しかも、これらの「立つ」「遣はす」は一般的な意味を表すものですから、あえて細かい情報を付加する必要はありません。他動詞の「立つ」「遣はす」を用い、それぞれの状況に応じる目的語を具体的に提示したら、その目的語がたまたま動詞と同源のものだった、というだけのことです。現代語の「歌を歌う」「踊りを踊る」も、その点では同じです。同族目的語構文に属する表現にも、他動詞が特異な意味を表すものとごく一般的な意味を表すものの、二種類があったのです。

上代に例のある「祝詞《のりと》を告《の》る」は同族目的語構文の例であり、目的語の「祝詞」は「告《の》り」を含む複合語になっています。また、「夢《いめ》を見る」「鏡を見る」「形見を見る」など、「見る」を用いた言いまわしがありますが、これらも同族目的語構文に属する例です。目的語としての「夢」

「鏡」「形見」は、それぞれ「睡《ね》って見るもの」の意の「眠目《いめ》」、「影を見るもの」の意の「影見《かがみ》」、「人の形《かた》を見るもの」の意の「形見」ですから、どれも連用形名詞の「見《み》」を含む複合語になっています。これらの場合も、他動詞の「告る」「見る」は一般的な意味を表すものですし、目的語はその場の状況に応じる複合語になっているにすぎません。

「歌を歌う」「踊りを踊る」「数を数える」の目的語が複合語になった、「子守歌を歌う」「盆踊りを踊る」「頭数を数える」などの言いかたもまた、同族目的語構文の例であることに変わりはありません。

本章の冒頭近くでも述べたように、同族目的語構文に属する例は、現代人にくどい言いかただという印象を与えがちです。しかし、一例ずつ文脈を確認したように、そうした印象は必ずしも妥当なものではありません。一方、同族目的語構文に属する例は丁寧な言いかただ、という印象を受けるとすれば、それは妥当なものだと言えます。動詞だけで表現は十分に成り立つのに、細かい情報を付加するためにあえて動詞に目的語を添えたわけですから、その意味で丁寧な言いまわしであることは確かです。

同族目的語構文に属する言いかたは、上代語から現代語までのどの時代にも存在したものです。しかし、以上で確認したように、上代語にあった言いかたは現代語には見られない特徴をもち、それは動作が行われる際の状況・内容について細かい情報を付け加える、というものでした。

この特徴は、現代語の同族目的語構文の言いかたではほぼ失われています。「歌を歌う」「踊りを踊る」などの場合、「歌う」のは歌の類に決まっていますし、「踊る」のも「踊り」の類に決まっています。しかし、他動詞の「歌う」「踊る」を用いるだけでは、目的語がなくて表現がどこか落ち着かないから、あえて「歌」「踊り」を持ち出す、ということでしょうか。

一つ一つの言いかたを見てみれば、他動詞が一般的な意味を表す同族目的語構文のほうがあとまで残りやすい、ということが言えます。

第七章　語と語が緩い関係で文を作る

「語り継ぐ」と「語りし継げば……」

　この章では、上代語に認められるさまざまな特徴のうち、文法・語法に関することがらを五つ取り上げます。文法・語法に関する特徴と言えば、何か難しく堅苦しいことのように思われがちなのですが、ここで取り上げるのはどれも比較的単純なことばかりです。前章で取り上げたのと同じく、言いまわし・言いかたに関する特徴です。

　わかりきったことですが、ある語のあとに別の語がいくつか続くことによって、一つの文ができあがります。上代語では、一文を構成するそれぞれの語の意味的な関係が、後世の日本語のそれに較べて緩くて弱かっただろう、と考えられています。逆に言えば、上代語では文を構成する各語の独立性が強かっただろう、ということです。本章で取り上げるのは、そのような想定を導かせるさまざまな現象です。

　現代語の「昔話を語り継ぐ人々がいる」という文には、二種の動詞が結び付いた「語り継ぐ」という表現、つまり「複合動詞」と呼ばれるものが含まれています。この「語り継ぐ」と同じ動詞の組み合わせは既に上代の文献にも見えており、現に『万葉集』に二十ほどの例があります。

ですから、現代語の「語り継ぐ」は上代語から継承された複合動詞だ、ということになります。『万葉集』には、「語り継ぐ」のほかに、「語り」と「継ぐ」との間に助詞の「し」がある、「語り之《し》継げば……」〔三・三一三〕という例も見えます。この例に含まれる助詞の「し」は、「何時《いつ》しか……」「必ずしも……」など現代語にも化石的に残っているものですが（→二三三ページ）、上代語の「語りし継げば……」は現代人に違和感を与える言いかたです。

このように、二種の動詞の間に助詞がある言いかたには、上代語に多くの類例が見られます。「行き過ぐ」に対して「行き裳《も》過ぎぬると……」〔四・六八六〕があり、「（煙が）立ち上《のぼ》る」に対して「立ち波《は》上らず……」〔七・一二四六〕があり、「恋ひ暮らす」に対して「恋ひ其《そ》暮らしし」〔十一・二六八二〕があります。「行き過ぎる」と「立ち上る」とは、現代語でも普通に使われる複合動詞ですが、間に助詞のある「行きも過ぎた」「立ちは上らない」という言いかたは使われません。

動詞の間にある上代の助詞には、「し」「も」「は」「そ／ぞ」のほかに「か」「や」などもあって、「係助詞」と呼ばれるものが中心です。さらには、これらの助詞のうち二つが二種の動詞の間に位置する、「恋ひ可《か》毛《も》痩《や》せむ（恋をするつらさで痩せるのではないか）」〔十二・二九七六〕のような例も、数多くあります。『万葉集』では、一つの助詞が二種の動詞の間に位置する例だけでも一〇〇を超えます。上代語ではごく一般的な表現だったのです。

この現象について、二種の動詞が意味的に密接には結び付いておらず、それぞれの動詞の独立性が強かったことを示すものだ、と古くから研究者が指摘しています。確かにそのように理解すべきだと思います。現代語では、二種の動詞が意味的に密接に結び付いているために、原則として間に助詞を置くことはできません。「語り継ぐ」「行き過ぎる」「立ち上《のぼ》る」など、どれも二種の動詞が直接に重なったかたちでのみ使われます。

そこで、現代語のありかたをもとにして上代語を見れば、次のようなことが言えます。つまり、二種の動詞が意味的に結び付いた、現代語で言う「複合動詞」のようなものは、上代語ではまだ存在しなかったのだ、ということです。二種の動詞の間に助詞がある場合はもちろんですが、間に助詞がない場合でも、それらの動詞は弱く緩い関係で重なっていた、と考えるしかありません。二種の動詞に限らず、異なる数種の動詞が次々に重なったかたちの表現が、上代語の資料にはよく出てきます。たとえば、歌には、

1 （ほととぎすが）飛び翔《かけ》り来《き》鳴《な》き響《とよ》もし……　〔九・一七五五〕

2 （季節の移り変わりを見て）打ち嘆き萎《しな》えうらぶれ偲《しの》ひつつ……　〔十九・四一六六〕

のような表現があります。1は「飛びまわってやって来て、鳴いて（声を）響かせ……」の意であり、2は「（そのすばらしさに）ため息をつき、感激し、うっとりして賞《め》でながら……」の意です。どちらも、五種の動詞が次々に重なったものです。

歌だけでなく、『続日本紀』の宣命《せんみょう》や『延喜式』の祝詞《のりと》などの散文にも、動詞を何種も重ねた表現が見えます。

3（金鉱石が発見されたと）聞《き》こし食《め》し驚き喜び貴《たふと》び思ほさく……（十二詔）

4（門を衛《まも》る神々が、そこへやって来る者を）待ち防ぎ掃《はら》ひ却《や》り言ひ排《そ》け坐《ま》して……（御門祭）

3は「お聞きになり、驚き喜んで、貴んでお思いになることには……」の意、4は「待ちかまえていて防ぎ、排除して放ち遣り、言い退《しりぞ》けなさって……」の意です。3では六語が重なり、4では七語が重なっています。

これらの表現をよく読めば、意味的な関係の密接な部分とそれの弱い部分とが混在していることがわかります。しかし、現代語では、これほど動詞を重ねることはまずありません。上代の人々は、事態を具体的かつ詳細に描写するために、何種もの動詞を次々に重ねる傾向が強かったのです。それだけに、重ねられた動詞の意味関係が弱く緩かった、ということです。

1〜4のような例が少なからずあることを考慮すると、二種の動詞が重なったものもまた、事態を適切に描写するために動詞を単純に並べただけのものであり、動詞間の意味的な関係は緩かっただろう、逆に言うと、それぞれの動詞の独立性は強かっただろう、と考えられます。ですから、「複合動詞」と呼べるようなものは上代語にはまだなかったのだという見解も、十分に理解できるものです。

重なった二種の動詞の意味関係が緩いものだったとすれば、それらの間に助詞があるという現象について、「助詞を挿入した」と表現するのは不適切だということになります。「挿入」という熟語は、たがいに結び付いたものや一続きになったものの間に何かを割り込ませる、というニュアンスを帯びているからです。「助詞がある／助詞が位置する」「助詞を置く／助詞を用いる」というような表現であれば、客観的な表現ですから問題がありません。

複数の動詞についても、「動詞が結び付いた／結合した動詞」などと表現するのは不適切であり、「動詞が重なった」「連接した動詞」などと客観的に表現すべきです。[*1]

緩い関係を示す種々の現象

二種の動詞の間に助詞がある用法に関して、現代人に違和感を与える現象がまだ上代語にはあります。

二種の動詞の間に助詞がある場合にも、前にくる動詞が意味的に主であり、あとにくる動詞が従で補助的である、といった例が少なくありません。たとえば、「ずっと恋し続ける」の意を表す「恋ひ渡る」の場合、あとにくる「渡る」は、ある所から別の所へ移動するという、本来の意味を表す「渡る」ではありません。「恋ひ」を補助して、時間的に「……し続ける」の意をそれに付加するものです。しかし、この場合にも、「恋ひ哉《や》渡らむ（恋し続けることか）」〔十一・二七〇七〕のように、間に助詞の「や」を置いた言いかたが実際にあります。

「止《と》められず」の意の「止めかね」でも、「かね」は「大は小をかねる」の「かねる」とは違って、補助的に「……できない」の意を付加するものです。しかし、「（流れる涙を）止《と》め曽《そ》かねつる（せき止めることができない）」〔二・一七八〕という、間に助詞の「そ」を置いた例が複数あります。

「……渡る」「……かね」などとは逆に、前にくる動詞が従であり、あとにくる動詞が主であるといった場合でも、間に助詞を置くことがよくありました。たとえば、「相《あ》ひ思ふ」「相《あ》ひ別る」の間に「し」「か」を置いた、「相《あ》ひ志《し》思はねば（互いに思いあっているのではないから）……」〔四・七七二〕や「相《あ》ひ加《か》別れむ（互いに別れていくことだろうか）」〔二十・四五一五〕のような例です。人と人とが揃《そろ》って何かの行動に出る際に用いたのが、「ともに……する」の意を添える「相《あ》ひ……」であり、きわめて多数の用例があります。

これらの「相ひ」は、もとは複数のものが一緒になるという意味を表す、動詞の「合ひ」でした。のちに、それがもつ本来の意味が薄れてしまい、接頭辞的な機能を表す用法も生まれました。ですから、「相ひ……」は補助的なものであり、あとにくる動詞が意味的に主であり重要です。

＊1　以下の記述でも、「挿入する」「結び付いた」などの表現を用いるのを避けることにします。

しかし、間に助詞を置いた例があることは、動詞が接頭辞的な用法のものになってもなお、「合ひ」という本来の意味が濃厚に残っていたことを示す、としか考えられません。

補助的な機能をもつ動詞が前にきてもあとにきても、主となる動詞を補助することによってはじめて、それらの機能は発揮されるものだ、と常識的には考えられます。また、見かたによっては、本来の意味を表す動詞と補助的な動詞とはたがいに依存しているはずだと考えられます。それにもかかわらず、右で見た例では間に助詞があります。

「鳴き来《く》」という動詞の組み合わせは、鳥類が鳴きながら飛んで来る状況を描写した表現です。「鳴き来」の間に助詞の「や」だけでなく主語の「汝《な》が」までもが含まれた、「鳴き八汝《やなが》来る」〔十・一九四二〕という例があります。「鳴きながら、お前はやって来たのか」と、鳥に問い掛けた表現です。「手折《た》り来《く》」という組み合わせにも、「(紅葉《もみじ》を)手で折って、私はやって来た」の意を表す、「手折り曽《そ》我《あが》来《こ》し」〔八・一五八二〕という例があります。

鳴き来――鳴きや汝が来る
手折り来――手折りそ吾が来し

二種の動詞の間に、助詞だけでなく主語までが置かれたこれらの例を見れば、「鳴き」と「来る」も、「手折り」と「来し」も、意味的な関係はかなり緩くて弱いものだったのだろう、と推測せざるを得ません。同じ構成をもつ表現は、ほかにもいくつか例があります。

上代語には、「天にある月と太陽」という意味のことを、「天《あめ》なる哉《や》月日」（十三・三二四六）と表現した例があります。また、「鳴くうぐひす」と言うところを、「鳴く夜《や》うぐひす」（五・八三七）と表現した例もあります。助詞の「や」があっても、それがない「天なる月日」「鳴くうぐひす」と、意味的に本質的な違いはありません。「や」のほかに、「（ほととぎすよ）ここに近く乎《を》来鳴きてよ」（二十・四四三八）のように、助詞の「を」にもよく似た用法があります。この「を」を含む表現は「ここの近くまでやって来て、鳴いてくれよ」の意ですから、どうしても「を」は必要だというわけではありません。

この種の「や」「を」は、特に上代に多用されたものであり、「間投《かんとう》助詞」と呼ばれます。歌の語調やリズムを調えるために表現の随所にこれらを置いたのだ、と説明されています。必要に応じて表現の随所に置かれたのは、文を構成する語と語とが意味的に密接に結び付いていなかったからこそだ、と考えられます。二種の動詞の間に係助詞が位置しえたのと同様の理由が、間投助詞の使用についても想定できるわけです。

しかし、この点については、若干の補足説明が必要です。上代語にも、特定の動詞を組み合わせることが長い間に貫用化《かんようか》し、それなりの意味的な結び付きが成立している場合もあった、ということです。ただし、それらの組み合わせが既に固定化していて、間にいかなる語も置くことができなかった、ということではありません。当時の言語の特徴として、ほかの二種の動詞と同様に、必要に応じて間に語を置くことが可能でした。本来の意味を表す動詞とそれを補助する機能をもつ動詞との組み合わせでも、状況はほぼ同じでした。当時の動詞の重なりは、そのような二面性をもつものだったのです。

歩調を合わせない二種の動詞

次にあげるのは、天皇の威徳を称《たた》えた長歌の末尾です。

5　上《かみ》つ瀬に　鵜川《うかは》を立ち　下《しも》つ瀬に　小網《さで》刺渡《さしわたす》　山川も　依《よ》りて仕《つか》ふる　神の御代《みよ》かも
〔一・三八〕

（川の上流で鵜飼《うかい》漁を行い、下流の瀬に掬《すく》い網を一面に差し渡す。こうして、山の神や川の神も帰服してお仕えする、神としての天皇の御代である）

「山の神や川の神も天皇にお仕えしている」と述べることによって、天皇に対する作者の敬意を表明したものです。

四句めの「小網《さで》差し渡す」に含まれる「差し渡す」が、二種の動詞の重なった表現になっています。「小網《さで》」と呼ばれる掬《すく》い網《あみ》を、単に「差す（設置する）」というのではなく、「差す」に補助的な「……渡す」を添えることによって、それを「広く一面に設置する」という状況を描写しています。「下つ瀬に」がそのまま「小網（を）差し渡す」というまとまりに掛かり、同時に「小網」が「差し渡す」に掛かる、という単純な意味関係のものです。

5　下つ瀬に　小網　差し渡す。

これに対して、重なった二種の動詞がまとまって特定の意味を表すのではなく、それぞれの動詞のもつ意味が、文中にある別々の語句に掛かる、という現象が上代語にはよく見られます。本項の見出しに含まれる「歩調を合わせない」という表現は、そうした現象を喩《たと》えたものです。この現象もやはり、前項で確認した現象と同様に、二種の動詞の意味的な関係は相当に希薄だったのだろう、という推定を導くものです。

その一例として、右の5の「差し渡す」に類似する二種の動詞のありかたを、ここで見てみます。次は、やはり長歌の途中に出ている部分です。

6　真木《まき》積む　泉の川の　速き瀬を　竿刺渡《さをさしわたり》……　〔十三・三二四〇〕

（岸に真木の積んである泉の川の速い瀬を、棹を差して渡り……）

流れの速い瀬を作者が船を漕《こ》いで渡る、という状況が詠み込まれています。引用した部分の末尾にある「差し渡り」が、二種の動詞の重なった表現になっており、その「差し渡り」が5の「差し渡す」に似ています。

「差し渡り」は意味的にまとまった表現のように見えますが、文脈を細かく分析してみるとそうでないことがわかります。ここでは、「差し渡り」の「差し」だけが「棹」を承《う》けて、「棹（を）―差し」という関係を構成しています。そして、この「棹（を）―差し」というまとまりが、「速き瀬を―渡り」という意味的なまとまりのなかにまるごと収まる、という関係になっています。つまり、「渡り」は、「棹（を）差し」の前にある「速き瀬を」だけを承《う》けているのです。[*2]

6　速き瀬を　棹差し渡り……

各語の意味的な関係をこのように整理してみれば、「差し」と「渡り」とが密接に関係しているのではなく、二語はそれぞれ別の部分に関係している、ということが明確になります。5の「差し渡す」とこの6の「差し渡り」とは、よく似た表現ではありますが、文の構成のうえでは互いに大きく異なるものです。

次の歌の第三句・第四句も、6と同様の意味関係にあります。

7　をみなへし　秋萩凌《しの》ぎ　さ牡鹿《をしか》の　都由和気奈加牟《つゆわけなかむ》　高円《たかまと》の野そ　〔二十・四二九七〕

（おみなえしや秋萩を踏んで、牡鹿が草葉の露を分けて鳴くだろう高円の野だ、ここは）

一字一音式に表記されている第四句は、「露分け鳴かむ」という意味のものです。「露（を）―分け」というまとまりが、「さ牡鹿の―鳴かむ」という大きなまとまりのなかに収まっています。つまり、「分け鳴かむ」は、形態面では二種の動詞が重なったものになっていますが、両動詞の間には直接の意味的な関係がありません。「分け」は「露」だけを承け、「鳴かむ」は「さ牡鹿の」だけを承けています。「露（を）―分け」、「さ牡鹿の―鳴かむ」という関係です。[*3]

6・7に見られる二種の動詞の関係は、たとえば並んで立っているA・B二人のうち、人物Aはすぐ前にある物を見ており、人物Bはそれよりさらに前にある物を見ている、といった状況に似ています。これに対し、現代語の複合動詞の場合は、A・Bの二人が同じ方向にある同じ物を

＊2　ただし、「棹差し」は、「渡り」という動作が行われる際の付帯状況を示すものだ、ということはもちろん言えます。

＊3　この例でも、「露分け」は、「鳴かむ」の付帯状況を示す語句になっています。

見ている、といった状況に喩えることができます。

5〜7の三例を見ても明らかなように、上代語の表現では、重なった二種の動詞が常に意味的に密接に結び付いていたわけではありません。二種の動詞がそれぞれ別の語句と密接な意味関係をもつことが、少なからずあったのです。現代語の複合動詞は意味的に密接に結び付いているのが普通ですから、重なった二種の動詞が和歌の一句のなかに含まれているのを見れば、それらは意味的に密接に結び付いている、と現代人は思い込んでしまうのですが、上代語では必ずしもそうではありませんでした。

枕詞・序詞の場合

5〜7とは別のタイプの例を見ておきます。重なった二種の動詞が、実質的な本旨の表現にではなく、修辞のための表現に現れる例です。このタイプもまた、二種の動詞の意味関係が弱かったことを反映するものだと考えられます。

8　玉釧《たまくしろ》　巻宿妹母《まきぬるいもも》　あらばこそ　夜の長けくも　嬉しかるべき　〔十二・二八六五〕
（〈玉訓〉一緒に寝る妻もいたらばこそ、夜が長いのも嬉しいだろうが）

9　後《おく》れにし　人を思《しの》はく　思泥《しで》の崎　木綿取之泥而《ゆふとりしでて》　幸《さき》くとそ思ふ　〔六・一〇三一〕

（あとに残された人を思うのは、思泥《しで》の崎で神に捧げる木綿を取り垂《し》でて、どうか無事で、ということだ）

8では、第二句に含まれる「巻き寝《ぬ》る」が、二種の動詞の重なったものになっています。「巻く」は、現代語の「巻く」と同じ意味や、「（男女が）共寝をする」「結婚する」という意味も表します（→一八〇ページ）。「巻き寝る妹」とありますから、歌全体に対する「巻き」は「共寝をする」の意を表しています。

一方、この「巻き」は枕詞の「玉釧《たまくしろ》」を承けています。「釧」は腕輪の類を広くさし、この歌ではそれを美しいものと見て、「玉」を添えてあります。腕輪について「巻き」と言っていますから、その場合には現代語と同じ意味の「（腕に）巻き」です。枕詞は「玉釧—巻き」とかかり、「寝る」にはかかりません。重なった二種の動詞のうち、前にある動詞だけが直前の句を承け、あとにある「寝る」はまた別の文脈を構成しています。

9の第四句の「木綿《ゆふ》取り垂《し》でて」は、神に捧げる「木綿《ゆふ》」を手に持って、それを下に垂らすことを描写したものです。第三句の「思泥《しで》の崎」を、「しで」という同音の関係で、「取り垂で」の「垂《し》で」に続けていますから、「取り」とは直接の関係がありません。「後れにし……思泥の崎」は、修辞的には「取り垂で」の「垂で」とだけ関係をもつ、というかたちです。二種の動詞の意味関係が弱かったことを示す点では、8の「巻き」と「寝る」と同じです。

10　妹が紐　解くと結びて　立田山《たつたやま》　今許曽《いまこそ》黄葉《もみち》　始而有家礼《そめてありけれ》　〔十・二二一一〕

（妻の着物の紐をあとで解こうと結んで立つ、その立田山は、今こそ色付き始めたのだなあ）

第一句・第二句は、第三句の初めにある「立つ」を導入する序詞です。第四句と第五句とにまたがっている「黄葉《もみ》ち始《そ》め」は、「色付き始め」の意です。この種の「……始《そ》め」は十数種の動詞に付いて、「……し始《はじ》め」の意を添える補助的な動詞として『万葉集』の歌に用いられています。

ほかの「……始め」は、「立田の山は黄始有《もみちそめたり》」〔十・二一九四〕や「春日《かすが》の山は黄始南《もみちそめなむ》」〔十・二一九五〕などのように、一句のなかに収まっています。しかし、10では「黄葉ち」と「始め」とが第四句と第五句とに分属する結果になっており、その点で例外的です。

これは、前項に引用した「恋ひやわたらむ」「止めそかねつる」などの例を思い起こさせます。本来の意味を表す動詞と補助的な動詞とが、やはり上代語では意味的に緩い関係にあったために、それらの間に助詞が置かれた場合と同様に、二つの動詞が二つの句に分属するかたちで使われた場合にも、人々には大きい違和感を与えなかった、ということでしょう。

上代の文献のうち、特に歌の表現には、重なった二種の動詞が意味的に別々の語句に応じるという、以上のような例が少なからずあります。しかし、中古以降の文献には、同じような例がほとんど見あたりません。

「袖さへ濡れて刈れる玉藻そ」

二種の動詞の間に助詞がある現象や、二種の動詞が意味的に別々の語句に応じる現象などとは別に、文のなかに現れる語と語との関係が上代語ではやはり緩くて弱かったのだろう、と推測させる現象を見てみます。

11　風高く　辺《へ》には吹けども　妹がため　袖左倍所沾而《そでさへぬれて》　刈れる玉藻《たまも》そ　〔四・七八二〕

（風が強く岸辺には吹いていたけれども、あなたのために袖まで濡らして刈り取った海藻ですよ）

作者は女性であり、知人に物を贈った時にこの歌を添えました。

第四句・第五句の「袖さへ濡《ぬ》れて刈れる玉藻そ」という表現が、現代人には違和感を与えます。現代語ならば、「袖まで濡らして刈り取った海藻だ」というように、自動詞の「濡れ」ではなく他動詞の「濡らし」を用いるはずのところです。そうしなければ、一連の表現としてのまとまりをもちません。

12　葦辺《あしべ》なる　荻之葉左夜藝《をぎのはさやぎ》　秋風の　吹き来るなへに　雁《かり》鳴き渡る　〔十・二一三四〕

（葦辺に生えている荻の葉をそよがせて秋風が吹いて来るのにつれて、雁も鳴いて飛び渡って行く）

第二句～第四句の「荻の葉さやぎ秋風の吹き来る……」も、現代人には不自然な言いかただと感じられます。「さやぎ」は自動詞ですが、現代語ならば、他動詞を用いて「荻の葉をそよがせて秋風が吹いて来る……」とでもすべきところです。

13　かはづ鳴く　神奈備《かむなび》川に　陰所見而《かげみえて》　今か咲くらむ　山吹の花　〔八・一四三五〕
（蛙《かえる》が鳴く神奈備川に影を映して、今頃は咲いているだろうか。山吹の花は）

これの「神奈備《かむなび》川に影見えて今か咲くらむ」も、現代語ならば不自然な言いかたになります。自動詞を用いた「見えて」ではなく、他動詞を用いた「見せて」あるいは「映《うつ》して」であれば、現代語としても自然です。ですから、『万葉集』の解説書では、第三句は「影を見せて」「影を映して」などと現代語訳されています。

自動詞・他動詞の使いかたに関して、現代語の別の表現の例をあげると、「声が嗄《か》れて叫んだ」「木々が鳴って風が吹く」は不自然ですが、「声を嗄らして叫んだ」「木々を鳴らして風が吹く」ならば自然です。現代語では自動詞と他動詞の使い分けがはっきりしており、文中の語句と語句との意味的な呼応関係が、かなり緊密であり固定的です。前にくる語句とそれを意味的に承《う》ける語句とは、一方の語句に他方の語句を単純に続けるというのではなく、まとまった一連の表現に仕立てるためには、そこに用いる語を調整する必要があるのです。

しかし、11～13の歌で見たような表現が、上代語ではごく普通でした。やはり、語句と語句との呼応関係が、現代語のようには強くなかったからだと考えられます。

14　六月《みなづき》の　地副割而《つちさへさけて》　照る日にも　我が袖乾《ひ》めや　君に逢はずして　〔十・一九九五〕

（六月の地面まで裂けるほどに照りつける日にも、私の衣の袖は乾くものか。あなたに逢わないでいて）


この歌は女性の作だと思われます。第二句・第三句の「地《つち》さへ裂けて照る日」も、現代人に違和感を与える表現です。中古の後期に成立したと推定される『堤中納言物語《つつみちゅうなごんものがたり》』に、「地《つち》さへ割《わ》れて照る日にも……」〔逢坂越えぬ権中納言〕というよく似た歌が見えることから、中古でも違和感を与える言いかたではなかったようです。

現代人なら、自動詞の「裂けて」ではなく、他動詞の「裂いて」を用いて「土まで裂いて照りつける日」とでも言うはずのところです。どうしても自動詞を用いることにこだわるなら、「土も裂けるほどに……」とすることができます。

「地さへ裂けて」も「照る日」も、歌の作者にとっては実際に目にしうる光景です。作者は、以下にかかっていく語句と、それを意味的に承ける語句とを、用語を調整することなくそのまま並べた、という印象を強く受けます。そのような単純な並べかたは、当時は普通に行われたことです。

15　別れても　またも逢《あ》ふべく　思ほえば　心乱《こころみだれて》　吾恋ひめやも　一に云はく「意尽而《こころつくして》」

〔九・一八〇五〕

（別れてもまた逢えそうだと思えるのだったら、心を乱して私が恋い慕うことなどあろうか）

第四句の「心乱れて」の別伝として、「心尽くして」が歌末に添えられています。上代語には「乱す」という他動詞はまだ例がなく、この歌の「乱」は自動詞として「乱れ」と訓じられています。一方、別伝の「尽くし」は、同じ文脈のなかにありながら他動詞です。このような場合、上代語では自動詞の「乱れて」と他動詞の「尽くして」には互換性がありました。どちらも可能な表現だったのです。

現代人には、「心が乱れて恋い慕う」は不自然であり、どちらかと言えば「心を尽くして恋い慕う」のほうが自然だと感じられます。しかし、上代語においては、自動詞・他動詞の使い分けが厳密ではなかったことが、以上で見た諸例からも明らかです。自動詞とそれに対する他動詞の双方が具わっているという場合が、上代語では現代語よりもずっと少なかったことも事実です。

このように、上代語では、前にくる語句とあとにくる語句とを一連の表現に仕立てるために、そのなかに用いる語を調整する必要が、必ずしもありませんでした。ということは、語句と語句との意味的なつながりや呼応関係が緩くて弱かった、ということです。

「卯の花の咲き散る丘に……」

やはり現代人に違和感を与える言いかたの一つですが、反義／対義の動詞つまり正反対の意味を表す動詞を直接に重ねる、ということが上代語にありました。たとえば、本項の見出しにした「卯《う》の花の開落丘《さきちる》に……」（十・一九四二）の「咲き散る」や、「伏仰《ふしあふぎ》胸打ち嘆き……」（五・九〇四）の「伏し仰ぎ」のような言いかたです。[*4]

現代語では、「て」を挟んだ「咲いて散る」「伏して仰ぐ」や、「たり」でつないだ「咲いたり。散ったり……」「伏したり仰いだり……」ならば、可能な言いかたです。しかし、互いに反義をもつ動詞を直接に重ねた、「（窓を）開け閉めた」「（腕を）上げ下ろせ」「（紐を）結び解く」などの言いかたは、不自然で無理なものです。

反義の動詞を重ねた上代語の例を、もう少し見てみましょう。

＊4　「伏し仰ぎ」の内容を具体的に説明すると、「（地に）伏し（天を）仰ぎ」ということになります。

16　天雲《あまぐも》の　去還奈牟《ゆきかへりなむ》　もの故に　思ひそ我がする　別れ悲しみ　〔十九・四二四二〕

（旅とは）空に浮かぶ雲のように行っては帰って来るものなのに、つい物思いを私はしてしまう。（あなたとの）別れが悲しくて）

17　沖つ島　荒磯《ありそ》の玉藻　潮干満《しほひみち》　い隠《かく》り行かば　思ほえむかも　〔六・九一八〕

（沖の島の荒礒に生えている玉藻が、潮が引いたり満ちたりして、（満ち潮に）隠れてしまったら、恋しく思われるだろう）

18　万代《よろづよ》に　得之波岐布得母《としはきふとも》　梅の花　絶ゆることなく　咲き渡るべし　〔五・八三〇〕

（永遠に年は来て過ぎ去っても、梅の花は絶えることなく毎年咲き続けることだろう）

16の歌の第二句に「行き帰りなむ」とあり、反義の動詞を重ねたものになっています。それを現代語に直訳した「行き帰るだろう」は、現代人には奇妙な表現だと感じられます。

17の歌の「玉藻《たまも》」は、さきに言及した「玉釧《たまくしろ》」と同様に、海の「藻」をほめた言いかたです。この歌の第三句である「潮干満《ひみ》ち」では、「潮」が主語であり、反義の動詞を重ねた「干満ち」が述語です。この句を現代語に直訳すると、「潮が引き満ち」となりますが、もちろん不自然で無理な表現です。「干満ち」の「満ち」だけが、意味的に次の「い隠り行かば」にかかっています。同じようなかかりかたの例はほかにもあり、やはり「干」と「満ち」とが意味的に緩い関係にあったことを示しています。

18の歌は、梅の花を讃美したものです。第二句の「年は来経《きふ》とも」に含まれる「来経」が、反義の動詞の重なったものになっています。「来経」は「やって来て過ぎ去る」という意味であり、結局は時が経過することを意味しています。「来過《き》ぎる」「来去る」「来行く」などと直訳してみても、現代語としては不自然です。

反義をもつ動詞を組み合わせた例は、『古事記』『日本書紀』の古い歌謡にも見えます。

19　伊知遅島《いちぢしま》　美島《みしま》に着き　鳰鳥《にほどり》の　迦豆伎伊岐豆岐《かづきいきづき》　しなだゆふ　楽浪路《ささなみぢ》を　すくすくと
吾が行《い》ませばや……　〔記四二〕

（伊知遅島《いちぢしま》や美島《みしま》に着き、鳰鳥《にほどり》が（水に）潜《もぐ》ったり（水面に出て）息をしたりする、そのように息をしながら楽浪路《ささなみぢ》をずんずんと、私が進んで行くと……）

20　稲蓆《いなむしろ》　川副柳《かはそひやなぎ》　水行《ゆ》けば　儺弭企於己陀智《なびきおきたち》　その根は失《う》せず　〔紀八三〕

（〈稲蓆〉川に沿って生えている柳は、（増した）水が流れて行けば、（それに応じて）靡いては起き上がり、結局その根はなくならないのだ）

19の長歌の作者は天皇です。天皇が目的地に向かって歩きながら、自分の目に映じたものの様子を描写したのが、右に引用した部分です。

「潜《かづ》き息づき」は、水鳥によく見られる所作を重ねた表現です。「潜《かづ》く」は水に潜ること、「息づく」は水面に浮いて息をすることです。「潜き息づき」という、正反対の所作を表す動詞を組み合わせ、あとの「息づき」だけを作者の動作に重ね合わせたものです。さきの17の歌で、「干満ち」の「満ち」だけが以下の「い隠り行かば」にかかる、というのと同じ表現技法です。

20の歌は、皇子でありながらつらい境遇に置かれた作者が詠んだものです。自分が置かれた今の厳しい境遇と、なお失うことのない皇子としての誇りとを、川辺に生えている柳に喩えたものになっています。「靡《なび》き起き立ち……」は三種の動詞が重なった表現ですが、三語がそれぞれ対等の意味関係にあるのではありません。「靡き」の一語と、その正反対の意味を二語で表す「起き立ち」とを、臨時的に組み合わせたものです。

上代語と後世語の表現

以上の諸例と同様に反義をもつ動詞を直接に重ねることは、さきにも述べたように、原則として現代語では許されません。それは、現代語の複合動詞では二種の動詞が密接に結び付いており、意味的にも一まとまりになっているからです。そのような状況で反義の動詞を結び付ければ、そこに意味的な矛盾が生じます。「咲き散る」とは「咲く」というのか「散る」というのか、「伏し仰ぐ」とは「(地に)伏す」というのか「(天を)仰ぐ」というのかなどと、矛盾を感じて混乱してしまいます。

これに対し、上代語では、重なった二種の動詞は意味的に緩い関係にあったと考えられますから、「咲き散る」は「咲き、散る」、「伏し仰ぎ……」は「伏し、仰ぎ……」とでも表示できるような、あえて言えば並立的な関係で重なっていただろう、と想定されます。意味的に一体化していなければ、反義の動詞を重ねても矛盾した言いかたにはならなかったでしょう。

現代語で「咲いて散る」「伏したり仰いだり……」という言いかたが可能なのは、「て」や「たり」が介入しているために、二種の動詞が表す行為の間に時間差を読み取るからです。時間差があれば、一方の行為・状態が実現したあとに他方のそれが実現する、というように理解されますから、正反対の行為・状態の間に矛盾は感じられません。

「奥《おく》つ城を行来《ゆきく》と見れば……」〔九・一八一〇〕は、「(菟原処女《うなひをとめ》の)墓を、行こうとして見、帰ろうとして見れば……」の意です。「行き来と……」を直訳した「行き来る」は、やはり現代語としては奇妙なものです。しかし、「行き来る」という動詞を、「仕事場への行き来に、いつも母校の前を通った」というように、連用形名詞の「行き来《き》」に転じてしまえば、ありうる言いかたになります。上代にも、「生死《いきしに》の……」〔十三・三八四九〕、「上下《のぼりくだり》に」〔十・一八二八〕その他の例があります。

連用形名詞の「行き来」「生き死に」「上り下り」は、現代語の「売り買い」「勝ち負け」「泣き笑い」などの類例だと言えます。ひとまず名詞に転じれば、それは本来の名詞を組み合わせた、「裏表《うらおもて》」「上下《かみしも》」「右左《みぎひだり》」などと同種の、反対語を並立したものになってしまいます。

反義の動詞を組み合わせた表現は、けっして上代語だけに見られるものではなく、中古語にも「浮き沈む」「起き伏す」「押し引く」「晴れ曇る」「参り罷《まか》づ」その他、少なからず例があります。しかし、中古語では、上代語と同様に単に反義の動詞を組み合わせるだけでなく、それに新たなタイプが何種か加えられています。

21　数々に　思ひ思はず　問ひがたみ　身を知る雨は　降りぞ増される　〔伊勢百七〕
（あれこれと私のことを思ってくれているのかいないのかを、尋ねにくくて、吾が身のほどを知ることのできる雨が、降りつのっています）

『伊勢物語』のほか、『古今和歌集』にも見える歌です。第二句の「思ひ思はず」は「思ってくれているのか、思ってくれていないのか」の意であり、「思ひ」と「思はず」とは確かに反義の語句を組み合わせたものになっています。しかし、「思はず」は「思ふ」を否定しただけのもので、異なる二種の動詞を重ねた「咲き散る」「伏し仰ぐ」などとは、もともと語の構成のしかたが違います。

「思ひ思はず」と同種の言いかたを、最も巧《たく》みに歌に詠み込んだのが、『古今和歌集』の、

22　春の色の　至り至らぬ　里はあらじ　咲ける咲かざる　花の見ゆらむ　〔古今二・九三〕

（春の気配が及んでいる里と及んでいない里の違いはあるまい。なのにどうして、咲いている花と咲いていない花とが見えるのだろう）

という歌でしょう。単純に言えば、第二句は「至り至らぬ―里」とかかり、第四句は「咲ける咲かざる―花」とかかります。しかし、さらに細かく言えば、前者は「至る―里、至らぬ里」を、そして後者は「咲ける―花、咲かざる花」を、それぞれ短縮したかたちの言いかたです。

中古でのさらなる展開

次の歌の「知る知らぬ」は、「思ひ思はず」のような表現をさらに拡張したものでしょう。

23　かれこれ、知る知らぬ、送りす。〔土佐十二月二十一日〕

（あの人やこの人、知っている人も知らない人も、見送ってくれる）

『土佐日記』に見えるこの「知る知らぬ」は、「知っている人、知らない人」の意であり、人間をさしています。これも確かに反義の語句の組み合わせになっており、同じ語句は『伊勢物語』『古今和歌集』にも出ています。

「知らぬ」は「知る」に打消しの助動詞を付けた形式のものですから、「知る知らぬ」は反義を表す別の動詞の組み合わせになってはいません。また、「知る知らぬ」の「知る」は連体形ですから、その点でも連用形を用いた「思ひ思はず」とは異なります。「(旅に)行く人も行かない人も」という意味の「行毛不去毛《ゆくもゆかぬも》」〔四・五七二〕が『万葉集』にあり、そちらでは助詞の「も」が反復されています。「知る知らぬ」のように助詞を用いない例は、中古になってから現れるものです。

動詞の連用形でも連体形でもなく、已然形を用いた次の歌の「引けど引かねど」も、やはり反義の語句を組み合わせたものになっています。

24　梓弓《あづさゆみ》　引けど引かねど　昔より　心は君に　寄りにしものを　〔伊勢二四〕

(梓弓をひくように、私の心を引こうとしてもそうしなくても、昔から私の心はあなたに寄っておりましたものを)

このような反義の語句の組み合わせも、上代には例がなくて中古になって現れるものです。しかし、歌の全体は、

25　梓弓　引きみ緩《ゆる》へみ　思ひ見て　すでに心は　寄りにしものを　〔十二・二九八六〕

（梓弓を引くように、引いたり緩めたりして考えて、もう私の心はすっかりあなたに寄っておりますものを）

というような『万葉集』の表現に倣《なら》ったのだろう、と考えられます。

動詞を用いた反義の語句ではなく、反義の動詞と形容詞とを組み合わせた表現も、中古にはあります。

26　世の中に　いづら我が身の　ありてなし　あはれとや言はむ　あなうとや言はむ
〔古今十八・九四三〕

（世の中に、どこに我が身の置きどころがあるというのか、あってもないのと同じだ。ああ悲しいと言おうか、ああいやだと言おうか）

『古今和歌集』の歌ですが、第三句の「ありてなし」に対する直訳は「あってない」となります。しかし、それでは、あるというのかないというのか、文意が通りません。ここは「あってもないのと同じだ」の意であり、直前の歌にも「ありてなければ」とあります。

『後撰和歌集』に見える、

27　遅く疾《と》く　色づく山の　もみぢ葉は　遅れ先立つ　露や置くらむ　〔七・三八一〕

（あるいは遅く色づき、あるいは早く色づく山のもみじの葉は、遅く置いたりほかに先立って早く置いたりする露のはたらきによるものだろう）

という歌の「遅く疾《と》く」は、反義の形容詞を組み合わせた例です。「遅く疾く色づく」という言いかたについて、現代人は、一見しただけでは「色づくのが遅いというのか早いというのか」ととまどってしまいます。歌の文脈から見て、ここは「遅く色づいたり早く色づいたりする」の意であることは推測できますが、「社員たちは遅く早く帰宅した」というような同種の言いかたは、現代語ではやはり不自然なものです。なお、第四句の「遅れ先立つ」は、「遅く疾く」に対応する反義の動詞の組み合わせになっており、当時は動詞・形容詞の違いなく反義の語を重ねることが可能だった、ということを示しています。

このほかに、形容動詞と形容詞の連体形を組み合わせた「大《キナル》小《サキ》多《クノ》魚」〔『今昔物語集』巻三十一、第二十二話〕のような表現もあります。「大きい魚や小さい魚など、多くの魚」の意ですが、これを直訳した「大きな小さい魚」は、現代語では矛盾した表現になります。[*5]

この項で見たように、反義の動詞を直接に重ねる言いかたは、上代語から中古語へと受け継がれるとともに、中古語で新たな展開を見せました。それは、微妙で多様な言いかたを好む、中古語の必要に応じるものでした。

＊5　動詞の例にせよ、形容動詞や形容詞の例にせよ、同じような組み合わせは中世以降には例が少ないようです。

第八章　強調表現が形式化する――「係り結び」の起源

係助詞に関する研究

文法に関する話題の最後として本章で取り上げるのは、古典の文法事項のなかでも特に目立つ現象であり、また古典を学ぶ多くの生徒・学生を悩ませ続けている現象です。つまり、特定のグループに属する助詞が文の途中に出てきた場合に、それに応じる文末の活用語が通常とは異なったかたちのものになるという、いわゆる「係り結び」のことです。現代人には面倒な約束だとしか思われないこの原則が、どのようにして成立し定着したのか、その起源と経緯に関する学説について、要点をわかりやすく説明します。

係り結びに直接かかわる助詞のグループについては、ある日本語学者が自身の見解を一冊の学術書にまとめて発表した、スケールの大きい研究があります。それは、日本語のセンテンスつまり文というものはどのような組み立てになっているのか、という根本的な問題に一つの解答を与えようとしたものです。それはまた、日本語のセンテンスの構造の特徴を、古典語に見られる係り結びの分析を通して明らかにしようとしたものでもあります。射程の大きい、きわめて独創的な研究だと言えます。

動詞・形容詞・形容動詞・助動詞などの活用語で文が終わる場合には、通常ならば文末に終止形がきます。しかし、文の途中に「か」「や」「そ／ぞ」「なも／なむ」のどれかの助詞が含まれている時には、『万葉集』の「月草《つきくさ》に衣《ころも》曽染流《そむる》（露草で衣を染める）」〔七・一二五五〕や「卯《う》の花の共《とも》に也来《こ》之《し》と（ほととぎすが卯の花とともにやって来たのかと）……」〔八・一四七二〕などのように、文末に連体形がきます。[*1]

これとは別に、文中に「こそ」がある場合には、「恋《こひ》許曽益礼《まされ》（恋こそが増すことだ）」〔八・一四七五〕や「妹が手本《たもと》を吾許曽末加米《まかめ》（あなたの手本を私こそ枕にしよう）」〔五・八五七〕などのように、それに已然形が応じるかたちになります。[*2]

以上の二種の連合関係が、「係り結び」と呼ばれる現象です。このように、終止形ではなく連体形・已然形があとにくることを要求する、文の途中に現れる助詞のグループを、学校文法では「係助詞」と呼んでいます。助詞が「係り」であり、それを形式的・意味的に承《う》ける活用語が「結び」です。「係り結び」は、つまりは文法的な呼応関係の一つです。

さきほど紹介した日本語学者は、これらの助詞に「は」「も」「し」の三種を加えた、広義の係助詞グループについて、それらはもともと基本的な用法から見て二群に分かれる、と述べています。「何《なに》」「誰《たれ》」「何時《いつ》」「何処《いづく》」「如何《いか》に」などの疑問詞を承《う》けるグループと、それらを承けない

＊1　「染《そ》むる」は動詞「染《そ》む」の連体形であり、「来し」の「し」は助動詞「き」の連体形です。
＊2　「増されは動詞「増さる」の已然形で、「め」は助動詞「む」の已然形です。

グループとの二群です。「何か……」「誰も……」のように助詞の「か」「も」が疑問詞を承けるということは、つまりはこれらの助詞が未知の新情報である「何」「誰」などを承けるということです。これに対して、「何は……」「誰こそ……」などのような表現は原則として存在しないこと、つまり「は」「こそ」が疑問詞を承けないことは、これらの助詞が未知の新情報を承けず、既知の旧情報を承けるということだ、というのです。確かに、「何」「誰」「何時」「何処」「如何に」などの疑問詞は、まさに未知のことを問う時に用いる語です。助詞が疑問詞を承けるとか承けないとかというのは、そういう用法上・結合上の相違をさしています。

助詞「し」「は」「も」

その日本語学者は、個々の係助詞の用法・特徴を詳細に分析したうえで、自身の見解を次ページのような一覧表にまとめています。

表を見ると、疑問詞を承けない助詞のグループに「ナモ・ナム」が入っています。一般には、中古以降の「なむ」がよく知られていますが、それ以前の上代では、語形が少し異なって「なも」でした。「そ」と「ぞ」も古い語形と新しい語形の違いですが、こちらは上代に既に両形が存在していました。

また、表では「シ」という助詞が（　）に入れられています。この助詞の大半が、「月日《つきひ》おき逢ひて之《し》有《あれ》者《ば》（月日を隔てて逢っているので）……」〔十・二〇六六〕のように「……し……ば」というかたちで使われていますが、特定の活用形と呼応する助詞ではありません。しかし、実際の用法は、さまざまな角度から見て係助詞と同類だという理由で、（　）に収めるかたちで表に組み込んであるわけです。

現代語の「誰しも」「何時《いつ》しか」という言いかたに、この種の「し」が化石的に残っています。これらの現代語の言いかたでも「し」は疑問詞に付いており、疑問詞を承けるという性質をそのまま反映している例だと言えます。

疑問詞との関係	承ける語の扱い方	本来、文の主部にあって、題目を提示してセンテンスを構成することが役目。				本来、述部の末尾で働いたが、倒置によって文中に入り、強調の形式を作った。その場合文末は名詞または連体形で終止。			
疑問詞を承けない	確定・既知・旧情報	ハ	個と個とを対比して提題し明確な答えを要求。終止形などで終始。	コソ	衆から個を選抜し提題。下の已然形と呼応。逆接条件句を形成。単純強調。	ナモ・ナム	かねて抱く確信や伝聞・伝承を卑下謙遜の心、礼儀のわきまえをもって表明。	ヤ	古くは確信ある断定を相手につきつけ、後に推測・疑問を表明。
疑問詞を承ける	不確定・未知・新情報	モ	不確定または併立の題目を提示。答えは否定・推量・反語など。	（シ）	順接条件句（仮定・既定とも）を形成。	ゾ	上から教示し強く断定することの表明。事実を新情報として強調する。	カ	自分自身で判断不能と表明。後に相手に尋ねるにも使う。

「し」だけでなく、「は」と「も」の場合も、特定の活用形と呼応する助詞ではないと思われがちです。しかし、「は」「も」と呼応する文末の活用語は原則として終止形になります。あとに終止形がくることを要求する助詞ですから、その点を重視すれば、「は」「も」は係助詞として扱ってかまわないことになります。「は」「も」は、「結び」に終止形を要求する「係り」だというわけです。しかし、終止形で文が終わるのは当然のことなので、連体形や已然形と呼応する狭義の係助詞ほどには目立たないのです。

現代語の「は」と「が」

さきの表を作った日本語学者は、古典語の場合の、疑問詞を承ける助詞とそれを承けない助詞との違いは、現代語の、主語に付く「は」と「が」との違いに共通する点がある、と述べています。確かに、現代語で「誰が……」「何が……」「何処《どこ》が……」とは言いますが、「誰は……」「何は……」「何処は……」という言いかたは、普通にはしません。

つまり、現代語の「XはY」という文では、話題として提示されたXが、既知の旧情報あるいは既知として扱われた情報になっており、それに続くYは未知の新情報だというのです。自己紹介をする場で「私は佐佐木です」という場合、話題である「私」は既に相手に見えている旧情報であるのに対し、それに続く「佐佐木です」は初めて相手に与える未知の情報です。疑問詞を含む「新宿駅はどっちですか」という文の場合も同じで、「は」の上には表現主体にとって既知の「新宿駅」が提示され、下には未知のことを問う疑問詞「どっち」が置かれています。

一方、「が」を用いた「XがY」という文では、既知・未知の組み合わせが逆になっていて、「が」の上には未知のものが提示され、下には既知のものが置かれます。「私が佐佐木です」という場合には、「佐佐木」がそこにいることは既に相手にわかっていますが、それがいま発言している「私」なのだということは、初めて相手に与える未知の情報です。「誰がこの工場の責任者ですか」と尋ねる文でも、「が」の上に未知のものが提示され、下に既知のものが置かれるかたちになっています。どの工場にも責任者がいることは、周知のことです。

ただし、「が」の場合には、「XがY」という文の全体が未知の新情報になることがある、とも指摘されています。ポケットを手で探《さぐ》って「定期券がない」と発言する時や、窓を開けて「雨が降ってきた」と発言する時などは、一文がまるごと新情報になっていると考えられるからです。

既知・未知ということについて古典語と現代語に共通する点があるという指摘は、「係助詞で話題を提示する日本語の文は、上代から現代まで、既知・未知の情報の組み合わせで構成されるのが基本だ」という意味です。日本人が意識していなくても、とにかく日本語の基本的な構文はそのようなものになっています。これは、日本語の構文の本質に迫《せま》る見解であり、さきにも述べたようにスケールの大きい見解だと言えます。

「は」「が」の機能上の違いを、既知・未知という視点で説明しようとした研究者は過去にもいましたが、例の日本語学者はその視点を古典語にも広くかつ具体的に適用しました。「花咲く」「山高し」というように、古い日本語ではもともと主格の助詞を使わなかった、と言われることがあります。そういう場合には、既知・未知ということは問題にしなかったのかどうか、必然的に問題になります。[*3]

確かに、『万葉集』の「梅が花咲く」「人告ぐ」という例のように、無助詞の表現は実際に少なからずあります。また、後世も現代まで数えきれないほど無助詞の例があります。それらは、話題が助詞を伴って提示される「Xは Y」「Xが Y」という構文とは別のものであり、既知・未知ということを問わない構文あるいは、文全体が未知の情報を提供する構文だ、と見ておくのが妥当だと思います。

連体形で結ぶ場合

係り結びが行われていた古代語ではあっても、文の末尾に活用語がくる場合、その活用語は終止形であるのが普通です。さきにも言及したとおり、「は」「も」が終止形と呼応するのはその典型的な例です。

しかし、文中にほかの係助詞がある時に限って、それに連体形・已然形が応じるという係り結びの現象は、冷静に考えてみれば実に奇妙なものです。一般に、連体形は次に体言つまり名詞が続く時に用いられる活用形であり、已然形は次に「ば」「ど」などの助詞が続く活用形です。にもかかわらず、連体形に体言が付かず、已然形に助詞が付かないままで、文が終止したり中止したりするというのは、尋常ならざる事態だとも言えます。係り結びという尋常ならざる事態が起こり、それが構文上の原則になっていることには、然るべき理由・経緯があったはずです。

その理由・経緯、つまり係り結びの起源・成立がどのようなものだったのかについては、いくつかの説があります。ここでは、さきの一覧表を作った日本語学者の説に従って、できるだけ簡単にそのことを説明します。

まず、文末に連体形がくる「か」「や」「そ／ぞ」「なも／なむ」の場合です。この一群の助詞について、一覧表の記述に、

本来、述部の末尾で働いたが、倒置によって文中に入り、強調の形式を作った。その場合文末は名詞または連体形で終止。

とあります。この記述の意味を、「雁《かり》鳴く」という表現を例にとって説明しましょう。「鳴く雁か」「鳴く雁そ」のように、一群の助詞はもともと文末にくる助詞でした。しかし、こ

＊3　しかし、主格の助詞をまったく使わない時期が日本語にあったかどうかは、古代語の研究者でも断言できないことです。

れらの文は、強調のために「雁か、鳴く」「雁そ、鳴く」という倒置表現に仕立てられることがありました。もとの「鳴く雁か」「鳴く雁そ」という文の場合、「鳴く」には体言の「雁」が続いていますから、「鳴く」は連体形です。また、強調のために「雁か」「雁そ」を倒置しても、「鳴く」はやはり連体形のままです。これが、文末に連体形がくるようになった理由です。つまり、倒置したあとの「雁か、鳴く」「雁そ、鳴く」は、「雁か、鳴く（は）」「雁そ、鳴く（は）」というような意味のものとして受け取られたと考えられます。「雁か、鳴く（は）」「雁そ、鳴く（は）」を現代語で言えば、「雁なのか、鳴くのは」「雁だ、鳴くのは」ということになります。

そして、時が経つにつれて、人々には「雁か、鳴く（は）」「雁そ、鳴く（は）」は倒置表現だという意識がなくなり、単なる疑問表現・強調表現だと理解されるようになったと思われます。「や」「なも」の場合もまったく同じことが起こった、と説明することができます。

今の説明に持ち出した「雁か、鳴く（は）」「雁そ、鳴く（は）」という表現ですが、これには少し補足説明が必要かと思います。活用語の連体形は、たとえば「仕奉《つかへまつる》者《は》卿大夫《まへつきみ》たち（お仕えしているのは卿大夫たちである）」〔十九・四二七六〕の「仕へ奉る」に「は」が付いているように、体言として主語にもなりえました。また、「仕奉《つかへまつる》乎《を》見るが貴《たふと》さ（お仕えしているのを見る貴さよ）」〔十九・四二六六〕の「仕へ奉る」に「を」が付いているように、連体形は同じく体言として目的語にもなりえました。主語になる場合、それに付く助詞がない「真《ま》守《もれ》有《る》栗子《くるし》（監視しているのは苦しい）」〔八・一六三四〕だと、「守れる（は）苦し」という主語と述語との関係になります。ですから、倒置表現ではありますが、「雁か、鳴く」「雁そ、鳴く」は「雁か、鳴く（は）」「雁そ、鳴く（は）」という意味のもの、つまり「雁なのか、鳴くのは」「雁だ、鳴くのは」という意味のものとして理解されるようになっただろう、ということです。

もともと主語には助詞が付かなかったのだろうということは、あくまでも想像です。しかし、それがかりに事実だとすると、「雁か、鳴く」「雁そ、鳴く」を「雁か、鳴く（は）」「雁そ、鳴く（は）」という意味のものだと人々が理解したのは無理なことではなかった、ということになります。

「こそ」と已然形の呼応

「こそ」と已然形とが呼応する係り結びの起源は、もう少し複雑です。実際の用例をいくつか見ながら説明します。

1　天伝《あまづた》ふ　入り日差し奴礼《ぬれ》　大夫《ますらを》と　思へる吾も　しきたへの　衣の袖は　通りて濡《ぬ》れぬ　〔二・一三五〕

（〈天伝ふ〉入り日が差してきたので、立派な男子だと思っている私も、〈しきたへの〉衣の袖は涙ですっかり濡れてしまった）

2　大舟を　荒海《あるみ》に漕《こ》ぎ出《い》で　や舟多気《たけ》　吾が見し児《こ》らが　目見《まみ》は著《しる》しも　〔七・一二六六〕
（大舟を荒れた海に漕ぎ出してしきりに漕ぐけれども、私が見かけたあの娘の目もとはありありと思い浮かぶことだ）

1の歌の「入り日差しぬれ。」は、「夕日が差してきたので」という意味の表現です。「入り日差しぬれば。」とあるのが普通ですが、古い表現では、この例のように已然形に接続助詞の「ば」を付けないことがありました。また、2の歌の「や舟たけ。」は「どんどん舟を漕ぐけれど」という意味の表現ですから、これは「や舟たけど。」とあるのが普通です。「たけ」のように已然形に接続助詞の「ど」を付けないのも、古い表現です。[*4]

このように、已然形という活用形は、もとは助詞を付けないまま既定の事態を描写してそれを条件句に仕立てる、という機能をもつものでした。助詞の付かないその条件句は、文脈によって、1の例のように順接条件句となることもあり、2の例のように逆接条件句となることもありました。やがて、順接と逆接との違いをはっきりさせるために、それぞれ「ば」「ど」を付けるようになりました。

「ば」「ど」を付けない古い已然形の前に、強調のために「こそ」を投入するということも行われました。

3　吾社葉《こそは》　憎くも有目《あらめ》　吾が屋前《やど》の　花橘《はなたちばな》を　見には来じとや　〔十・一九九〇〕
（私のことこそは憎くも思っているでしょうけれども、我が家の花橘を見には来ないというつもりですか）

「吾こそは憎くもあらめ」の「め」は、推量の助動詞と呼ばれる「む」の已然形です。「こそは」が投入されたことによって、「め」までの部分が強調的に提示され、それが第三句以下の表現と明確に対比されるかたちになっています。この種の強調表現では、言いたいことの重点が後半部に置かれます。「（あなたは）私をこそは憎いと思っているでしょうけれども、だからといって、我が家の花橘を見に来るまいとまで思っているのでしょうか」と言って、「吾」と「花橘」とを対比したうえ、後半部の表現で相手の来訪を促《うなが》したわけです。

このような強調のしかたを、現代語で考えてみましょう。たとえば、「彼に逢わなかった」という表現を強調するために文中に「こそ」を投入すれば、「彼に逢いこそ。しなかった」という表現になりますが、しかし、その表現のままで文が終わらないのが普通です。結果的に「彼に逢いこそ。しなかった（が、電話で話をした）」というように、（　）に入れた後半部の内容が強く示唆されます。「こそ」でなく、「彼に逢いはしなかった（が、手紙で気持ちを伝えた）」のように「は」を

＊4　「たけ」の終止形である「たく」は、「手を使ってあやつる」という意味のもので、四段に活用しました。

投入しても、やはり同じように後半部の内容が強く押し出されます。

3の歌では「こそ」だけでなく「は」も一緒に投入されていますから、余計に後半部が強調的に提示されるかたちになっています。

逆接条件句だけの歌

右で見たように、上代語の表現では、「こそ」に已然形が応じる例のほとんどが、逆接条件句を構成したうえでそれを後半部の表現と明瞭に対比させる、という形式のものになっています。しかし、なかには、前半部の逆接条件句だけを明示しておいて、後半部に提示すべき内容をあえて文脈から推測させる、という表現もあります。

4　薦枕《こもまくら》　相《あ》ひまきし児《こ》も　あらば社《こそ》　夜の更《ふ》くらくも　吾が惜しみ責《せめ》　〔七・一四一四〕

（薦枕を共にして寝た彼女でも生きているのならばこそ、夜が更けていくのを私は惜しむだろうが）

一首の全体が、「こそ」に応じた已然形の構成する、「……だろうが」という意味の逆接条件句になっています。逆接条件句と対比すべき内容は、具体的なことばとしては表現されていません。しかし、「彼女はもう生きていないのだから、私は夜が更けるのも惜しいとは思わない」というような余意のこもっていることが、歌の文脈からはっきりわかります。

上代も終わりに近い頃になると、「こそ」に応じた已然形のところで文が強調的に終わるという、単純な表現をもつ歌が出てきます。相手に悟らせようという余意が、まったくこもっていない歌です。

5　しなざかる　越《こし》の君らと　かくし許曽《こそ》　柳かづらき　楽しく遊ば米《め》　〔十八・四〇七一〕

（〈しなざかる〉越中のみなさんとこのように柳を髪飾りにして、楽しく遊びましょう）

この歌の場合は、「楽しく遊ばめ」で表現が終わっており、それと対比される表現がありません。また、4の歌のように、余意が言外にこめられているというのでもありません。このような「こそ」と已然形との呼応関係は、『古今和歌集』の次のような表現とほとんど同じです。*5

6　大原や　小塩《をしほ》の山も　今日こそは　神世《かみよ》のことも　思ひ出《い》づらめ　〔十三・八七一〕

（大原にあるこの小塩山も、めでたい今日こそは神世のことを思い出しているのだろう）

*5　次の歌では、「小塩の山」が擬人化されています。

5の歌やこの歌を見れば、文中に「こそ」がある時には文末に已然形がくるのだ、という判断を導くことになります。言外に余意もこめられていませんから、そう判断するのも当然です。

以上のような経緯があって、「こそ」と已然形との呼応が、強調という機能を保持したままで固定化し形式化することになりました。

「こそ」との例外的呼応

已然形の用法をめぐる以上の経緯をまとめれば、次の四つの段階になります。

Ⅰ 接続助詞「ば」「ど」の付かない已然形が、文脈に応じて順接・逆接の両条件句を構成する段階。

Ⅱ 「ど」の付かない逆接条件句のなかに強調の「こそ」を投入し、それを以下の表現の内容と対比させる段階。

Ⅲ 「こそ」を投入した逆接条件句だけを提示して以下の表現を省略し、省略した表現の内容を余意として悟らせる段階。

Ⅳ 「こそ」を投入した逆接条件句が、単純な強調表現として受け取られる段階。

上代の表現には、この四つの段階に属する表現がそれぞれ混在しています。已然形のさまざまな用法や、「こそ」を含む多様な表現を類型別に整理した結果、文中に「こそ」があればそれに已然形が応じるという係り結びの現象は、Ⅰ～Ⅳのような段階を経て成立したものだろうと推測できるわけです。

「こそ」の係り結びについて、一つ補足しておかなければならないことがあります。上代語の係り結びの例には、「こそ」に已然形ではなく連体形・終止形が応じたものもいくつかある、ということです。『日本書紀』と『万葉集』から例をあげておきます。

7　衣《ころも》虚曽《こそ》　二重《ふたへ》も予者《よき》　さ夜床《よどこ》を　並べむ君は　畏《かしこ》きろかも　〔紀四七〕

（着る物こそ二枚重ねるのもよいでしょうが、女性二人の夜の寝床を、自分の寝床のそばに並べようとするあなたは、恐ろしいお方です）

8　玉釧《たまくしろ》　枕《ま》き寝る妹も　あらば許増《こそ》　夜の長けくも　歓有倍吉《うれしくあるべき》　〔十二・二八六五〕

（〈玉釧〉一緒に寝る妻でもいたらばこそ、夜の長いのも嬉しいと思うだろうが）

9　三香原《みかのはら》　布当《ふたぎ》の野辺を　清見社《きよみこそ》　大宮所《おほみやどころ》　定異等霜《さだめけらしも》　〔六・一〇五一〕

（三日原の布当の野辺が清らかだからこそ、天皇はここを大宮所と定めたらしい）

ただし、どの歌でも「こそ」に応じているのは、「良き」「べき」「けらし」など形容詞あるいは形容詞型の活用をもつ助動詞だけです。このような例外的な呼応になったのは、形容詞・形容詞型に活用する助動詞の已然形が、上代では未発達だったためだ、と言われています。

もっとも、「こそ」の「そ」は代名詞の「其《そ》」に由来するものであり、それはまた係助詞の「そ」ともともと同じものなので、「こそ」に連体形が応じていても不思議はないのだとも説明されています。

「こそ」に終止形が応じている例は、一般的な活用形である終止形を已然形の代用としたものでしょう。

係り結びさまざま

高等学校の古典の時間に、係り結びに関する説明を聞いても、なぜそういうことを行ったのだろうという疑問は特にわいてこなかったと思います。古代人たちの単なる約束ごとだろう、面倒くさいことをしたものだ、ぐらいのことしか考えなかったのではないでしょうか。しかし、以上のような説明を聞けば、文が連体形で終わる場合も已然形で終わる場合もそれなりの理由があったのだ、と納得できるはずです。

係り結びという文法現象が成立した経緯については、これまでいくつかの説が提示されています。特に結びとして連体形が現れる現象の起源については、本章で紹介した、強調のための倒置ということに注目した説のほかにも、いくつかの異説が発表されています。それらには細かい論証を伴う起源説も論証の不十分な起源説もあり、また単なる思いつきに過ぎないと評すべき起源説もあります。本章では、推論が最も丁寧になされており、かつ視点が一貫していると判断される説を取り上げて紹介しました。[*6]

係り結びの現象が一般化したのはいつ頃なのか、容易にはわからないことです。一般化した時代が古ければ古いほど、現存する文献の範囲でその経緯を推測することは困難の度を増すはずです。したがって、ほとんど論証を伴わず、抽象的な議論に終始する起源説も、それが一貫した視点に立つものであるかぎり、決して無視すべきものではありません。

その起源が実際にどのようなものであるにせよ、係り結びの現象は古代語を特徴づけるものであり、その崩壊は古代語から近代語への移り変わりを象徴するものだ、という見かたがあります。それは妥当な見かたでしょう。

係り結びが崩壊していった過程については、既に詳細な研究が出ています。

*6　ただし、その説に対しても批判はあります。

第九章　上代語の特徴が希薄になる

最も顕著な上代語の特徴

以上の各章で、上代語が示すさまざまな現象や特徴について、現代語を引き合いに出しながら説明しました。八世紀の中頃の上代語と、二十一世紀の現代語との間にはざっと一三〇〇年ほどの開きがあるわけですが、現代語には、そうした長い時を越えて上代語から受け継がれた現象・特徴がいくつもある一方で、長い時の流れにさらされて失われてしまった現象・特徴もまた、少なからずあります。そのように、一つの分野の歴史的な変化には、あとあとまで受け継がれたものと途中で失われてしまったものとの双方が含まれる、というのが普通です。当然のことながら、変化が大きい場合には失われるものが多くなり、変化が小さい場合には受け継がれるものが多くなります。

特定の言語について概説する際に、まずそれを「音韻／文字」「文法」「語彙《ごい》」の三つの側面に分けたうえで、それぞれの内容を細かく記述していく、という方式がよくとられます。そのことは、本書の「まえがき」で述べたとおりです。日本語の歴史的な変化を、現在まで残る文献を通して見た場合に、変化の様相が比較的わかりやすいのは、三つの側面のうち、特に文法に関することではないかと思います。

「語彙」の「彙」は「集まる／集める」の意を表す字ですから、「語彙」とは単語という意味ではなく、語の集まり・語の集合をさします。語彙を調査する範囲は研究上の目的によって異なってきますし、その範囲に属する語彙が、特定の文献のなかにどれぐらい出てくるかは、文献の大きさや書かれている内容などによって左右されます。これに対して、文法というのは文を構成する際の一般的な規則のことですから、複数の文からいくつかの規則が抽出できれば、それらは同じタイプに属する別の文にもあてはまるものだ、当時の表現に共通する原則だ、ということになります。その点で、文法上の現象・特徴を研究することは、ほかの二つの側面に比較して容易な部分がある、と言えそうです。[*1]

　本書では、文法に関する説明を、第六章〜第八章の三つの章にわたって行いました。それらの説明のうちで、上代語の全体を貫く現象・特徴を最も顕著に表していると言えるのは、「語と語が緩い関係で文を作る」というタイトルを付けた第七章の内容です。一つの文を構成するそれぞれの語が、実は現代語の場合よりもずっと緩い意味関係で重なっていたということ、逆の方向から言えば、一文を構成するそれぞれの語の意味的な独立性が、現代語の場合よりもずっと強かったということです。このことを、現代のわれわれが文献を調査して知りうる、上代語の最も大き

＊1　もちろん、どの側面の研究が困難なのか、どの側面の研究が容易なのかは、研究者の知識・関心・視点によっても異なります。

い特徴としてあげることができると思います。

この特徴が確認できる現象として第七章で取り上げたのは、二種の動詞の間に助詞がある「語り継げば……」のような例と、重なった二種の動詞が、それを含む文のなかの別々の部分にかかる「速き瀬を棹差《さを》し渡り……」のような例です。また、一文のなかで自動詞・他動詞の用いかたを調整しない「袖さへ濡《ぬ》れて刈れる玉藻《たまも》そ」のような例や、反義をもつ二語を直接に重ねる「卯《う》の花の咲き散る丘に……」「伏し仰ぎ……」のような例なども、同じ特徴を反映するものとして取り上げました。どの例のタイプも、二種の動詞が意味的に密接に結び付いた現代語の複合動詞や、一連の表現のなかで自動詞・他動詞の用法を調整する現代語の言いまわしに比較すれば、不自然なものであり許容されないものです。

連体形と終止形

上代語の同じ特徴を反映するものはこれらだけではなく、よくよく探してみれば例がまだあることがわかります。

たとえば、古典の授業で教わった助動詞のなかに、活用語の終止形に付くものがいくつかあります。「らし」「らむ」「べし」「なり」などの、推量を表す一群がそれです。そこで文が終わるはずの終止形のあとに、なぜ別の語が続くのでしょうか。これらの助動詞を用いた表現の起源・成立については、研究者たちが詳細な論を発表していますが、結局は、文を構成するそれぞれの語の意味的な関係が緩いという背景があったからこそ、ひとまず終始した文のあとに別の語が置かれて表現が続いても、人々は大きな違和感をいだかなかった、ということなのでしょう。

「らし」「らむ」「べし」は、文節の初めに立つことがなかったラ行音・濁音で始まっています。ラ行音・濁音が現れる位置は、一語の内部か文節の内部かに限られていたのです。そのことが、一方では、これらの助動詞とその直前にある活用語の終止形との関係が、重なった二つの動詞の関係よりも密だ、という印象を与えた可能性があります。

文を構成するそれぞれの語の意味的な関係が緩いという言語的な背景は、ある種の枕詞や動詞の用法についても想定できるようです。まず、「そらみつ」という、国名の「大和《やまと》」にかかる枕詞の用法を見てみます。この枕詞の起源・成立を語る逸話《いつわ》が、『日本書紀』に載っています。「饒《にぎ》速日命《はやひのみこと》」という名の神にかかわる、とても短小な神話です。

1　饒速日命、天磐船《あめのいはふね》に乗りて、太虚《おほぞら》を翔行《めぐりゆ》きて、是《こ》の国を睨《おせ》りて降《くだ》りたまふに及至《いた》りて、故《かれ》、因《よ》りて目《なづ》けて「虚空《そら》見つ日本《やまと》の国」と曰《い》ふ。〔神武紀三十一年〕

(饒速日命が、天磐船に乗って天空を飛び回り、この国を眺めて地上にお降りになった時に、そこを「そら見つ大和の国」と名付けられた)。

神が発した「虚空《そら》見つ日本《やまと》の国」ということばについて、ある解説書では「大空から見て、よい国だと選びさだめた日本の国」の意だ、と述べています。また、そのあとに出版された別の解説書では、同じ表現を「空から見て天降ったぞ、この大和の国に」の意だと述べたあとに、次のような説明を付け加えています。

2　この古伝承が口誦されて「空見つ大和」という枕詞が形成された。「空見つる」の連体形でなく「そら見つ」としているのも古枕詞（古い時代にできた枕詞）的で、万葉時代すでに意味が分からなくなっていたとみえ、柿本人麻呂は「天尓満《そらにみつ》大和」（巻一・二九）と五音の枕詞とし、かつ「空に満ちている山」の意から「大和」にかかると新解釈を施したものかという。

つまり、1の話の内容から判断すると、「見つ」の「つ」は確かに助動詞であり、それに名詞の「大和」が続いているので、ここは連体形の「つる」が用いられていなければならない、しかし、終止形の「つ」を用いたのは「古枕詞」的なものだ、というのです。そして、柿本人麻呂の長歌に「天尓満倭《そらにみつやまと》を置きて……」とあるのは、「そらみつ―大和」という意味不明のかかりかたを、人麻呂が「空に満つ―山」と解釈し直したうえでのことではないかと言われる、というのです。この説明の背景には、「そらみつ」の「みつ」が「見つ」ではなく、人麻呂の解釈のように動詞の「満つ」だとすると、それは四段活用の連体形だと見られるから活用・接続の面で問題はない、という判断があります。

『万葉集』を見てみると、六例ある「そらみつ」には「空見津」「虚見津」「虚見都」「虚見通」「虚見」など五種の表記が見られます。確かにどれも「そらみつ」と訓じるしかなく、すべての表記に「見」が含まれていますから、これが当時の人々に「空見つ」と解釈されていたことは明らかです。1の話の「虚空《そら》見つ日本《やまと》の国」は、漢字だけの本文に「虚空見日本国」とあり、その「虚空見」は『万葉集』の表記に酷似しています。

一般的な用法と異なるのはそれが古い例だからだ、というかたちで事を片付けるのはいささか安易な処理のしかたです。大事なことは、「饒速日命が、天空から地上を見渡して大和へ降り立った」という話が、「虚空《そら》見つ日本《やまと》の国」つまり「空見つ―大和」という表現と結び付けられていた事実です。連体形の「つる」でなくて終止形の「つ」が枕詞の末尾に用いられ、それが名詞の「日本《やまと》／大和」を導いているのは、やはり一文を構成するそれぞれの語が意味的に緩い関係で重なる、という言語的な背景があってのことだろう、と推測させます。語と語との意味関係が緩いものであれば、あとに語が続くはずの連体形の位置に、そこで文が切れるはずの終止形を置いても、そのことを問題にしなければならないほどの大きな違和感を一般の人々に与えなかった、と考えられるのです。

別の枕詞の例を見てみましょう。

3　可伎加蘇布《かきかぞふ》　敷多我美夜麻尓《ふたがみやまに》　神《かむ》さびて　立てる栂《つが》の木　本も枝《え》も　同じ常磐《ときは》に……
〔十七・四〇〇六〕

（〈かき数ふ〉二上山に神々《こうごう》しく立っている栂の木は、幹も枝も同じく永遠で……）

「かき数《かぞ》ふ」という枕詞が「二上山《ふたがみやま》」を導いています。数を「ひと、ふた、み……」と数えるところから、「かき数ふ」を「二上山」にかけたものです。しかし、「数ふ」は下二段活用の動詞ですから、名詞の「二上山」を導くには連体形の「数ふる」を用いるべきところです。「数ふ」は終止形であり、厳密に言うとここには不適切なものです。連体形を用いて「かき数ふる」とすれば字余りになるので、臨時的に終止形を用いたのでしょう。そのような措置が可能だったのは、「空見つ」の用法について考えたのと同じ言語的な背景があったからだと想定されます。

「――よし」という枕詞

「あをによし」という枕詞が、『万葉集』に二十八例あります。「奈良」にかかるものが二十七例で、「国内《くぬち》」にかかるものが一例です。一般に、青い土を産する地であることから「奈良」にかかり、青く赤くて美しい光景を見せることから「国内」にかかる、というように説明されています。

これの末尾の「よし」の部分が一字一音の表記になっているものが十四例あり、その部分が形容詞の「良し」を表す「吉」で表記されているものが十四例ありますから、両者は同数です。「吉」を用いたものでは、十三例が「青丹吉」、一例のみが「緑青吉」となっていますが、「吉」以外の訓字を用いたものが十四例のなかに一例もないのは、人々が「よし」は「吉《よ》し」つまり「良し」の意だと理解していたことを示しています。

「よし」の部分については、二つの説があります。右でも述べたように、それは形容詞の「良し」だと理解する説と、それは詠嘆を表す助詞の「よ」と「し」とが重なったものだと理解する説です。「良し」はきわめて基礎的な語ですし、古い助詞には「よ」も「し」もありますから、どちらの説も十分に可能性があります。

前者の説が正しいとすると、連体形の「良き」ではなく終止形の「良し」が、名詞の「奈良」「国内」を導いていることになります。逆に、後者の説が起源的に正しいとしても、人々が、終止形の「良し」が「奈良」「国内」を導いていると理解したうえで「吉」という訓字を用いた、という可能性を無視することができません。語と語との意味関係が緩いという古い言語的な背景があったからこそ、そのような理解が可能だったのでしょう。

『万葉集』には、同じ「――よし」という形式をもつ枕詞に、「紀《き》／城上《きのへ》」にかかる「あさもよし」が六例あります。紀国《きのくに》は麻の産地なので「麻裳よし」が「紀」にかかり、さらに「紀」と同音をもつ「城上《きのへ》」にもかかるのだ、と言われています。六例の「よし」の部分は、すべて「吉」

で表記されています。

ほかには、「対馬《つしま》」にかかる「ありねよし」と、「讃岐《さぬき》」にかかる「たまもよし」と、「宗我《そが》」つまり「蘇我」にかかる「ますがよし」の三種が、『万葉集』に一例ずつあります。三種の「よし」の部分は、「良」「吉」のどちらかで表記されています。これら三種の枕詞についても、「あをによし」が名詞を導きえたのと同じ状況が想定できます。

連体形を用いるべきところに終止形を用いたと考えられる、受け身の表現もあります。

4　伊喩之々乎《いゆししを》　認《つな》ぐ川上《かはへ》の　若草の　若くありきと　吾が思《も》はなくに　〔紀一一七〕
（射られた獣のあとを追跡していく川辺の若草のように、若かったと私は思わないのに）


第一句～第三句が、「若く」を導く序詞になっています。第一句が「（矢を）射られた獣《けもの》を」の意の「射ゆ鹿猪《しし》を」であることは、『万葉集』の「所射宍乃《いゆししの》行きも死なむと……」〔十三・三三四四〕の例から見ても明らかです。ここは「射《い》ゆる獣《しし》を」のように連体形を用いるべきところですが、「射ゆ獣を」には終止形の「射ゆ」が用いられています。

次の歌にも、連体形の代わりに終止形が用いられています。

5　泊瀬川《はつせがは》　流水沫之《ながるみなわの》　絶えばこそ　吾が思ふ心　遂げじと思はめ　〔七・一三八二〕

（泊瀬川を流れる水の泡が消えることがあれば、その時にこそ、私の恋の思いは遂げられないだろうと思おうが、水の泡が消えることはあるまい）

第二句は、連体形を用いて「流るる水沫《みなわ》の」とすべきものですが、実際には終止形を用いた「流る水沫の」という表現になっています。

4と5の歌に見える終止形が、五・七の音数律に従うために、臨時的に連体形の代用として持ち出されたものであることは、改めて言うまでもないでしょう。枕詞の場合と同様に、古い言語的な背景があったからこそ許容された措置だろうと想定できます。

ただし、そのような古い言語的な背景も、時が経つにつれて少しずつ希薄になっていきます。その希薄化は、一文を構成する各語が意味的に緊密に結び付く、という現代語の状況に近付いていくことを意味します。各語が緊密に結び付いた状況では、助動詞にしろ枕詞にしろ、前代からの慣用によって終止形相当の語形を一文のなかに持ち込むことになりますから、人々がそれに特に違和感をいだくこともなくなるでしょう。

「見れど見かねて」とは

上代語の特徴の一つだと言えるものに、たとえば「見れど……見かねて」というような言いまわしがあります。このような言いまわしも、中古に入ると例が少なくなり、やがてほとんど用いられなくなります。そのような変化も、やはり古い言語的な背景が希薄になりつつあったことが原因になっています。

「見れど……見かねて」を直訳すると、「見たけれども……見ることができないで」となります。現代人にはとても奇妙な言いかただと感じられますが、とにかく『万葉集』に載っている実際の例を見てみましょう。

6　住吉《すみのえ》に　帰り来《きた》りて　家見跡《いへみれど》　宅毛見金手《いへもみかねて》　里見跡《さとみれど》　里毛見金手《さともみかねて》　怪《あや》しみと　そこに思はく　家ゆ出でて　三年《みとせ》の間《あひだ》に　垣《かき》もなく　家失《う》せめやと……　〔九・一七四〇〕

（住吉に帰って来て、我が家はと思って見たのだが我が家も見ることができず、我が里はと思って見たが我が里も見ることができなくて、そこで変だと思ったのは、家を出て三年の間に垣根もなくなり、家もなくなるものかと……）

もうそれとなくわかったかも知れませんが、後世の浦島太郎の話にあたる古い伝承を詠み込んだ部分です。「水江《みづのえ》の浦島子《うらのしまこ》を詠む」という題詞《だいし》が直前に置かれた、全部で九十句を超える長歌の一部です。若者が三年ぶりに住吉《すみのえ》の地に帰って来た時に、我が家を探してもそれは見あたらず、住んでいた里を探してもそれは見あたらなかった、という場面です。

「家見れど家も見かねて、里見れど里も見かねて」という対句は、「家を見たが家も見ることができず、里を見たが里も見ることができず」と直訳できます。つまりは「見たが……見ることもできなくて」ということですから、現代人には「見る」という動詞の用法が奇妙に感じられます。[*2]「見たが……見ることもできなくて」という言いかただと、現代人は「結局は見たというのか、見なかったというのか」ととまどってしまいます。自分の家や里を探しても見つからなかったわけですから、現代語としては、「見ようとしたが……見えなくて」と言い換えればわかりやすくなります。しかし、「見ようとしても……見えなくて」とするほうがもっと自然でしょう。

6の歌で「見れど……見かねて」という表現が可能だったのは、「見れど」の「見る」と「見かねて」の「見る」とでは、同じ動詞でありながら、それらが実際に表す意味・内容に違いがあったからです。具体的に言うと、第一の「見る」が「見ようとする」という意味を表すものであるのに対して、第二の「見る」は「(見ようとした結果、対象を)実際に目にする」という意味を表すものになっています。一方は動作への意図を表し、他方は動作の実現を表すという、動詞が表すことがらの違いです。あるいは、動詞が表す、動作の段階・内容の違いだとも言えるでしょう。

現代語で「見たが……見ることもできなくて」という言いかたが奇妙だと感じられるのは、現

*2　6の歌のすぐあとにあげた現代語訳では、なるべく違和感を与えないように表現に少し工夫を加えてあります。

代語の「見る」には「見ようとする」という意図を表す用法が、もうないからです。現代語で「見た」と言えば、対象を実際に目で確認したということであって、対象物を見ようと意図したということにはならないのです。

6の歌の「見れど」は「見ようとしたが」の意で、動作が過去に行われたことを表す既定表現です。これに対し、同じタイプの言いまわしには、次の「宿借《か》らば……宿貸《か》さむかも」のような仮定表現の例もあります。

7　あしひきの　山行き暮らし　宿借者《やどからば》　妹《いも》立ち待ちて　宿将借鴨《やどかさむかも》　〔七・一二四二〕

〈あしひきの〉山を歩いていて日が暮れてから宿を借りようとしたら、女の人が立って出迎えてくれて、宿を貸してくれるだろうか）

第三句以下の直訳は、「宿を借りたら……宿を貸すだろうか」となります。しかし、「借りたら……貸すだろうか」というのは、現代語の言いまわしとしては不自然で無理なものです。「宿借らば」は意図を表しており、「宿を借りようとしたならば」「宿を貸してくれと言ったならば」という意味のものです。他方の「宿貸さむかも」の「貸す」は動作の実現を表し、「（その申し出を受け入れて、実際に）宿を提供する」という意味のものです。

7の歌に用いられた「借る」「貸す」は、文法的に言えば別の動詞です。しかし、この二つの動詞は、上代から現代までずっと、反対の意味を表し、かつ対のかたちで用いられてきた反義語／対義語《たいぎご》です。語幹の部分の「か」は、同じ語源にさかのぼるものでしょう。[*3]

このような関係にある「借る」と「貸す」ですから、文法的には6の歌の「見れど……見かねて」に用いられた二つの「見る」と同じように扱うことができます。

「見れど……見かねて」「宿借《か》らば……宿貸《か》さむかも」と同じタイプの言いまわしは、「来れど来かねて」「越さば越しかてむかも」「寄すとも寄らじ」その他、多数あります。

素朴な表現から分析的な表現へ

「見れど……見かねて」「宿借らば……宿貸さむかも」のような、同じ動詞あるいは反義を表す動詞を呼応させたかたちの言いまわしは、特定の動詞が、動作への意図と動作の実現との双方を表わしうるという、素朴な言語的背景のもとで可能だったものです。

しかし、中古に入ると、助動詞の「……む」が動詞に付くという状況が少しずつ拡大していきました。つまり、動作の基本的な内容を動詞が表し、意図を助動詞が表すというふうに、機能が分担される傾向がより顕著になったわけです。それは、表現のしかたが、かつての素朴で非分析

＊3　類似するタイプの対義語として、「成る」と「成す」、「足る」と「足す」その他の例をあげることができます。

的な状況から、より分析的な段階に移行しつつあったということです。具体的に言うと、例えば「見れど」は「見むとすれど」となり、「借らば」は「借らむとせば」となるというように、「……む」によって意図・仮定を明確に表示しうるようになったわけです。

そのことは、『万葉集』に見える「すみれを都《つ》牟《む》等《と》……」〔十七・三九七三〕の「摘《つ》むと」が、『古今和歌集』の「若菜摘まむと……」〔二・一一六〕のように助動詞を伴うようになったのと、同じ流れにあると言えます。動詞の終止形に「と」を付けるだけで意図を表していたものが、やがて「……むと」という形式に移行したのです。

ひょっとすると、動詞の表す意味・内容にある程度の幅があった古い時代に、「見れど……見かねて」「宿借らば……宿貸さむかも」と同じタイプの言いまわしがよく用いられていて、それが『万葉集』に採用された歌に継承されている、ということなのかも知れません。

終　章　通説の根拠を検討し直す

疑わしい懸詞

この終章では、これまでに提唱された上代語に関する学説のなかから、問題のある五つの学説を取り上げます。そして、本書の各章で扱ってきた音韻や構文や語法に関する知見を応用し、学説の内容とその根拠の当否について、一つずつ検討を加えていくことにします。

最初に検討するのは、第一章で扱った懸詞《かけことば》に関する学説です。その内容に問題があるというのは、次の歌の表現に関する説です。

1　千鳥鳴く　佐保《さほ》の川門《かはと》の　瀬を広み　打橋《うちはし》渡す　奈我来跡念者〔四・五二八〕

（千鳥が鳴く佐保の川門の浅瀬が広いので、板橋を架け渡しておきます。今後も（あなたとは）長くと思っていますから）

女性である作者が相手の男性に贈った歌です。傍線を付した、「奈我来跡念者《ながくとおもへば》」という第五句の表現が問題です。

『万葉集』の解説書では、この句を「汝が来《く》と思へば」の意だと説明し、それに「あなたが来ると思って」という現代語訳を付しています。このような措置は現在の多くの解説書に見られるものですから、現在の通説だと言えるでしょう。一方、ある解説書では、「奈《な》我《が》来《く》」の部分が懸詞になっており、「汝《な》が来《く》」の裏に「長く」の意がかけてある、と述べています。しかし、第五句を「汝が来《く》と思へば」の意だとする理解も、「汝が来」の裏に「長く」がかけてあるという説明も、ともに懸詞を正しく把握し損《そこ》ねたものだと判断されます。そのように判断する根拠を、ここで具体的に述べます。

文法の話になりますが、「汝が来」に含まれる「が」という助詞も、それにきわめて近い機能をもつ「の」という助詞も、上代語では用法に明瞭な特徴がありました。「が」「の」は、そのすぐあとに、名詞そのものか、名詞の資格をもつ活用語の連体形か、のどちらかがくる場合にしか用いられなかったのです。つまり、「汝が来《く》と……」に用いられている「来」という動詞の場合は、連体形を使った「……が来る……」「……の来る……」という結合になるのが、上代語を反映する文献でたびたび確認されている現象です。ですから、「汝《な》が来《く》と……」のように、「が」に動詞の終止形である「来《く》」が続くとすれば、それは用法上の異例であり誤用だということになるのです。

現代語で、「が」を用いて「あなたが」と言う場合には、それに「来る。」を続けて「あなたが来る。」という文を作ることができます。また、「あなたが」に、名詞を含む「来る日」を続けることもできます。しかし、「の」を使って「あなたの」と言う場合には、単純に「来る。」を続けて「あなたの来る。」とすれば、不自然で無理な表現になります。「の」を使う時は、「……の来る日」とか「……の来る予定」とかというように、あとに名詞を置く必要があるのです。

上代語では、「の」だけではなく「が」もまた、あとに名詞がある場合にしか用いることができませんでした。それは中古語の場合でも同様ですから、上代語だけでなく中古語でもまた、「汝が来と……」は不可能な表現だったということになります。

「汝が来《く》と……」に含まれる難点は、それだけではありません。「汝が来と……」という解釈では、女性である作者が相手の男性を「汝《な》」と呼んでいることになりますが、それが異例であることもたびたび研究者が指摘してきたことです。「汝が来《く》と……」という解釈には、複数の難点があるわけです。

表記に対する先入観

1の歌を詠んだ女性は、ほかに、

2　恋ひ恋ひて　逢《あ》へる時だに　愛《うつく》しき　言《こと》尽くしてよ　長常《ながくと》念者《おもはば》　〔四・六六一〕

（恋しいと思い続けて、せめてこうして逢っている時だけでも、優しいことばをかけて下さい。これから

も二人で長くと思うのならば）

という歌も詠んでいます。この歌の第五句は「長くと思はば」と訓じられており、それ以外の訓は提唱されていません。「長くと思はば」は、1の歌の「奈我来《ながく》と思へば」が仮定表現になっただけの、互いに酷似した句です。同じ作者が酷似した表現を用いることは、ほかにもよく例があることです。

『万葉集』全体では、「長等曽念《ながくとそおもふ》」〔六・一〇四三〕、「奈我久等曽於毛布《ながくとそおもふ》」〔二十・四四九九〕、「長等思伎《ながくとおもひき》」〔二・一五七〕などや、「好往跡曽念《さきくとそおもふ》」〔六・一〇三二〕、「常丹跡君之所念有計類《つねにときみがおもほせりける》」〔二・二〇六〕その他、類似する表現の例が少なからず見えます。「長くと思ふ」やそれに類似する句は、当時よく用いられた言いかただったのです。逆に、「汝が来と……」によく似た表現は『万葉集』には見あたりません。

こうした点から、1の歌の「奈我来《ながく》と思へば」は、文法的に例外となる「汝が来《く》と……」ではなく、何の難点も含まないかたちで素直に「長くと思へば」と訓ずべきものだ、ということが明らかです。文法面でも「汝《な》」の用法の面でも難点のある「汝が来と……」という解釈は、どう見ても成り立ちません。「長くと……」であれば、当時の歌の表現としてごく一般的で自然なものになります。

第五句が例外的な表現になったのは、それを懸詞に仕立てたからだ、というような安易な理解のしかたは避けるべきです。表現や構成に細心の注意を払って詠むものだった歌に、複数の難点をもつ懸詞が含まれているとしたら、それはいかなる時代の歌であっても、ただちに作歌の技量を疑わせる材料になるからです。しかし、1と2の歌の作者は、現代の研究者が歌に高い評価を与えている女流歌人であり、作歌の技量を疑う余地はまずないと言えます。

現代の研究者が、「汝が来と思へば」という問題のある解釈を導いてしまったおもな原因は、「奈我来」という本文に対して自分がいだいた先入観を、最後まで棄てなかったことにあります。まず、「長く」の意を表すこの部分に、一般的な「長」の字が用いられておらず、「奈我来」という表記が用いられているために、研究者は「長く」という解釈を選択しませんでした。また、それと同時に、「奈我来」の「来」は動詞を表すのに用られた字だ、という直感をいだいてしまいました。

「長くと……」という難点のない解釈では、「来」という字が形容詞の語尾の「く」にあててあることになります。「良く」を「四来《よく》」〔一・二七〕と表記し、「高く」を「高来《たかく》」〔六・一〇五二〕と表記したような類例が、実際に『万葉集』にあります。しかし、そのことに思い至らず、「奈我」の二字は「汝が」を表記したものだと誤解してしまえば、ここは「汝が」という主語を「来」という述語が承《う》けるかたちの表現だ、という第二の誤解を生じることになります。

『万葉集』の歌の表記にはさまざまな形式があり、なかにはかなり凝った用字もあります。しかし、歌を正しく理解するには、表記面からアプローチするのではなく、歌を構成していることばそのものにまずは取り組むべきです。「汝が」を終止形の「来《く》」が承けるのは上代語でも中古語でも異例であること、当時の歌に「長くと思ふ」という言いかたが数多く用いられていること、女性が男性に「汝」を用いているのが例外的であることなど、最初からことばの使いかたに注意すべきでした。

有名な「東の野に……」という歌

次に検討するのは、第五章で説明した音便《おんびん》に関する例です。ただし、音便という現象は、文献のうえでは中古になってから確認できるものです。ですから、ここで検討の対象とするのは上代語そのものではありません。『万葉集』の写本の本文に付けられた、中古以降の訓に関することです。

やはり第五章で述べたように、音便が起こった語は本来の語形が崩れたものであったために、ぞんざいな言いかたを許容する口頭語で使われ始めました。雅《みやび》な表現をちりばめ、全体の構成に工夫を凝らして詠む歌には、原則としては使われないものだったのです。

そのことを踏まえると、『万葉集』の歌の訓に関して想定できることが、一つ生じます。

3　東野炎立所見而　反見為者《かへりみすれば》　月西渡《つきかたぶきぬ》　〔一・四八〕

漢字の本文のまま引用してあります。歌の全体は、わずか十四字で表記されています。傍線を付した第一句〜第三句は特に字数が少なく、五・七・五の十七音節を表すのに用いられているのは僅《わず》か七字です。どこで五・七・五に句切ればいいのか、表記に関する予備知識がないと見当がつきません。

現在、この歌は一般に次のように訓じられ、解釈もその訓に基づいて行われています。

3　東《ひむがし》の　野にかぎろひの　立つ見えて　返り見すれば　月傾《かたぶ》きぬ

（東の野にかげろうの立つのが見えて、振り返って見ると、もう月が西に傾いている）

このような書き下し文を見て、そう言えば何かの機会に読んだことがある歌だ、と気づく人も多いのではないかと思います。「歌聖《うたのひじり》」と仰がれた柿本人麻呂《かきのもとのひとまろ》の作のなかでも特に優れたものだという、高い評価を得ている歌です。[*1]

さて、中古から現在まで残っている、何種かの『万葉集』の写本を見てみると、歌には古い片仮名あるいは平仮名で訓が付けてあります。それらを読みやすいように、漢字・仮名交じり文に直してみると、

4　東野《あづまの》の　煙《けぶり》の立てる　所《ところ》見て　返り見すれば　月傾《かたぶ》きぬ

（東野の煙の立っている場所を見て、振り返って見ると、もう月が西に傾いている）

となります。つまり、いま一般に「東《ひむがし》の野にかぎろひの立つ見えて」と訓じられている、第一句～第三句の「東野炎立所見而」は、中古以降ずっと「東野《あづまの》の煙《けぶり》の立てる所《ところ》見て」と訓じられ解釈されていたのです。その訓を五・七・五に句切って本文と対応させれば、「東野《あづまのの》・炎立・所《けぶりのたてるところ》見《み》而《て》」となります。

しかし、江戸時代のある国学者が、写本に見える訓は「みだり訓」だと述べて、現在のように「東《ひむがし》の野にかぎろひの立つ見えて」というかたちに訓を改めました。「みだり訓」というのは、「まずい訓」「だめな訓」などといった意味です。その新しい訓に基づいて本文を句切れば、「東《ひむがしの》・野炎《のにかぎろひの》・立所見而《たつみえて》」となります。句切りの箇所と本文に付した訓とが、写本のそれとは大きく異なります。

本文の三字めにある「炎」は、写本では「煙《けぶり》」と訓じられており、江戸時代の国学者は「かぎろひ」と訓じ直しました。「かぎろひ」は「陽炎《かげろう》」の古形です。「煙」と「陽炎」とでは違いが大きすぎるとも思われがちですが、「炎」の字は、『万葉集』では「煙」「陽炎」のどちらの語の表記にも、実際に用いられています。ですから、「炎」の訓としては、どちらの訓も然《しか》るべき根拠

＊1　もうかなり以前のことになりますが、小学校の五年生か六年生の国語の教科書に、ほかの数首の歌とともにこの歌が採用されているのを確認しました。

があるものです。

江戸時代の国学者が新訓を提唱したあと、多くの研究者が揃《そろ》ってそれを採用しました。そのために、写本に反映している、「東野《あづまの》の煙《けぶり》の立てる所《ところ》見て」という4の訓は無視され、やがてほとんど忘れ去られてしまいました。

現在の解説書では、歌の冒頭の「東野」を、江戸時代の国学者と同様に「東《ひむがし》の野に」と訓じています。なかには、「ひむかし」という濁音節を含まないかたちで「東」を訓じている解説書もあります。

写本に見える「あづま」は東国一帯を表す語であり、国学者が提示した「ひむがし」あるいは「ひむかし」は方位・方角を表す語ですから、意味がそれなりに異なります。歌の文脈から見て、また第五句の「月西渡《つきかたぶきぬ》」という表記との関係から見て、冒頭の「東野」はもともと、写本にある東国の「あづま野」ではなく、「東の方角に見える野」という意味の「ひむがしの野」だったろうと考えられます。その点では、国学者が提唱した新訓の「ひむがしの野に」という部分は妥当なものだった、と判断できます。

歌と「ひむがし」「あづま」

「ひむがし／ひむかし」という語の実例を調べてみても、上代の文献にこれを一字一音で表記したものは見あたりません。「ひむがし／ひむかし」は歌のなかで四音節の部分に用いられていますし、時代から考えても、音便が生じてこれが三音節の語になっていた、という可能性は想定できないと言えます。「ひむがし／ひむかし」と類似する音韻環境をもつ「日向《ひむか》」は、『日本書紀』に万葉仮名で「譬武伽《ひむか》」〔紀一〇三〕と書かれており、やはり音便の生じていない語形になっています。

「ひむがし／ひむかし」は、中古ではどうだったのでしょうか。文献に見える比較的古い例も、ほとんど「ひむかし」と書かれています。写本では濁点を使わないのが普通ですし（↓七四ページ）、この語が撥音便を起こして「ひんがし」となっていたかどうかは不明です。ただし、類似の音韻環境をもつ「考《かむが》へ」に「カ、へ」という訓を付した、十世紀の中頃の例があります。この訓は、「かんがへ」という音便形を表記したものだと説明されています。また、『日本書紀』に「譬武伽」とあった「日向《ひむか》」には、中古の文献には「ひうか」という音便形で出ているものもあります。「ひゅうが」と発音されたのでしょう。これらの例と同様に、「ひむがし／ひむかし」の第二音節も、中古のある時期には音便化して「ひんがし」となっていたのだろうと推測されます。現在の語形のように「ひがし」と書かれた例は、十三世紀の後半になってから文献に現れるようです。

ここで想定できることは、ほぼ次のようなことです。『万葉集』の歌に訓を付した中古の人物にとって、3の歌の「東」に対しては、音便化していた「ひんがし」の訓と、そうでない「あづま」の訓との、どちらの訓を付すことも可能だったはずです。[*2]

しかし、右でも再確認したように、本来の語形が崩れてしまった音便形はぞんざいなニュアンスを伴うものであり、雅な表現をちりばめた歌には原則として用いないものでした。ですから、3の歌に付訓しようとした人物は、音便形の「ひんがし」ではなく「あづま」が歌にはふさわしいと判断して、結果的に「あづま」の訓を採用したのだろうと、高い確率で推定することができます。それが「あづま野の……」という、中古から写本に見える訓の由来なのだろうということです。

同じく「東」で始まる、

5　東《ひむがしの》　市《いち》之《の》殖《うゑ》木《き》乃《の》　木《こ》足《だる》左右《まで》　逢はず久しみ　うべ恋ひにけり　〔三・三一〇〕

（東の市に植えてある木の枝が垂れ下がるまで、あなたに久しく逢わないので、恋しく思うのももっともなことだ）

というような歌であれば、助詞の「の」が「之」「乃」で表記してあり、第三句をどのように訓ずべきかも、どこが句切れなのかも、ほぼ見当がつきます。しかし、3の歌の前半部はそうではなく、どこで句切ってよいかわからない、ひどく字数の少ない表記になっています。そのことも、歌にふさわしくない音便形を避けてとりあえず「東」を「あづま」と訓じておく、という措置を導きやすかったのだろうと思われます。

中古以降に編纂された代々の勅撰《ちょくせん》和歌集、特に「八代集」と呼ばれる歌集を調べてみても、歌に用いられた「ひむがし／ひむかし」の例はありません。歌に用いることは徹底して避けられたことがわかります。しかし、散文の部分である詞書《ことばがき》に用いられたそれは数例あります。

一方、「あづま」と「道」とが複合した「あづまぢ」などは、韻文・散文を問わず多数の例が歌集に見えます。

『万葉集』の時代には「ひむがし／ひむかし」にまだ音便が起こっていなかったということを、中古の人々は知るはずもありませんでした。ですから、句切れの不明瞭な歌に用いられた「東」には、とにかく「あづま」と付訓するしかなかったのでしょう。歴代の勅撰和歌集に「ひむがし／ひむかし」を詠み込んだ歌が見えないことを根拠にして、3の歌の「東」も写本のように「あづま」と訓じるのがよいと判断するとしたら、それは日本語の歴史を踏まえない、あまりにも単純な考えかただと言えます。

＊2　現在でも、「東」には「ひがし」「あずま」の二種の訓読みがあります。

「立ちしなふ君が姿」という表現

前章で確認した上代語の現象を踏まえれば、『万葉集』の歌の表現をこれまでとは別のかたちで理解すべきではないか、従来の理解は正しくないのではないか、と考えられる場合が出てきます。続いて、それに検討を加えることにしましょう。

次の歌を構成する五つの句のうち、これまでとは別のかたちで理解すべき可能性があるのは、二種の動詞が重なった、「多知之奈布《たちしなふ》」という第一句です。*3

6　多知之奈布　君が姿を　忘れずは　世の限りにや　恋ひわたりなむ　〔二十・四四四一〕

（立ちしなうあなたのお姿を忘れない限りは、いつまでも恋しいと思い続けることでしょう）

歌の前に置かれた題詞《だいし》には、「地方の役人が京へ向けて出立しようとした時に、郡司やその妻たちが詠んで彼に贈った歌である」という意味のことが書かれています。

「立ちしなふ」の「立ち」は、上代語から現代語まで使用頻度のきわめて高い動詞です。一方、「しなふ」という動詞は、現代語では、「棹《さお》がしなう」のような決まり切った言いかたただけに用い、人間の様子を形容するのには用いないのが普通です。ですから、上代語の「しなふ」とその連用形名詞である「しなひ」について、実際の用例を見てみる必要があります。

7　真木の葉の　之《し》奈《な》布《ふ》勢《せ》能《の》山《やま》　賞《しの》はずて　我が越え行けば　木の葉知りけむ　〔三・二九一〕

（真木の枝の葉がしなうほどに茂っている勢能山を、賞美する余裕もなく私が越えて行く心情を、木の葉も理解してくれただろう）

8　春山の　四《し》名《な》比《ひ》盛《さかえ》而《て》　秋山の　色なつかしき　ももしきの　大宮人は……　〔十三・三二三四〕

（春山のようにしなって栄え、秋山のように着衣の色もみごとな〈ももしきの〉大宮人は……）

9　ゆくりなく　今も見が欲し　秋萩の　四《し》搓《なひ》二《に》将有《あるらむ》　妹が姿を　〔十・二二八四〕

（ふと今も見たいと思う。秋萩のようにしなやかなだろう彼女の姿を）

木の葉の茂る様子や、春山の茂り栄える様子、さらには秋萩のようにしなやかな女性の姿態などが、「しなふ」という動詞によって描写されています。山の様子を描写した8の「春山のしなひ栄えて……」という例は、上代語と現代語の「しなふ」にそれなりの意味・用法の違いがあった、という可能性を示唆しています。

＊3　問題のある句ですから、歌の現代語訳では「立ちしなふ」をそのまま「立ちしなう」としておきます。

上代語の「しなふ」は、7と9に見える例のように、木々や山の様子を描写するのが本来の用法であり、人間のしなやかな姿態を喩《たと》える6のような用法は二次的なものだろう、と推測させます。

以上のほかに、6の例と同じ「立ちしなふ」という組み合わせを、植物の「菅《すが》」の様子を描写するのに用いた例が一つだけあります。

10　浅葉野《あさはの》に　立神古《たちかむさぶる》　菅の根の　ねもころ誰《た》が故　吾が恋ひなくに　或本の歌に曰く「誰葉野《たがはの》に立志奈比垂《たちしなひたる》」　〔十二・二八六三〕

（浅葉野に神々《こうごう》しく立っている菅の根のように、ねんごろにあなた以外の誰を私が恋しいと思うでしょうか。ある本の歌には「誰葉野にしなやかに立っている」とある）

第二句の「立ち神さぶる」は、「時が経ち、神々《こうごう》しい様子で立っている」の意です。歌末には、その第二句の別伝として「立ちしなひたる」が添えてあります。植物ですから、普段はまっすぐに立っていても、風の動きに応じてしなやかになびくということでしょう。

古語辞典で「しなふ」という項目を見ると、その多くに「しなやかに……する」というような訳語が与えられ、項目の直後に「撓」「萎」「靡」などの漢字が添えられています。用例から見て、そのような措置は妥当なものだと考えられます。

ところで、「立つ」と「しなふ」とが重なった、6の「立ちしなふ君が姿」はどのような「姿」を描写したものなのでしょうか。これについて、解説書では「しなやかに美しいあなたの姿」「たおやかなあなたのお姿」などと現代語訳してあります。つまり、前項の「立ち」が無視され、結果的に後項の「しなふ」だけが現代語訳に反映する、という結果になっています。「立ち」は接頭辞として軽く添えたものだ、という説明を加えている解説書もあるように、6の歌では「立ち」の語義が保持されていないと解釈されているわけです。

なかには、「しなやかに立つあなたの姿」という現代語訳を付している解説書も、少数ながらあります。「立ち」の語義をそのまま活かすかたちの訳です。これは、「立ちしなふ」を、「しなやかに立つ」の意だと解説している辞書が少なからずあり、その解説を無批判に踏襲したものだと思われます。

「しなやかに立つ」とは

ところが、「しなやかに立つ」という現代語訳の、「しなやかに」と「立つ」との関係は、なかなか理解しにくいものです。人間の所作について「立つ」と表現するのはごく普通であり、背筋を伸ばしてすくっと立つ姿は、見るがわに好ましい印象を与えます。しかし、その様子を現代語で「しなやかに」と描写しては、矛盾・齟齬《そご》を生じることにならないでしょうか。「しなやかに」

という語は、ゆっくりと曲げ動かす状況を描写するのに用いられるからです。そうした点で、歌の「立ちしなふ君が姿」も現代語訳の「しなやかつ立つあなたの姿」も、人間の見せるどのような「姿」なのかが、具体的に理解できないのです。

そこで、人間の動作・行為を描写した、上代語の「立ち――」という表現を、『万葉集』で細かく調べてみます。すると、「立ち隠る」「立ち聞く」「立ち嘆く」「立ち濡《ぬ》る」「立ち待つ」「立ち見る」「立ち別る」その他、計二十種ほど「立ち――」の例のあることがわかります。しかし、どの例でも「立ち」の語義は濃厚かつ明瞭に表れており、もとの語義がすっかり薄れて接頭辞化した「立ち」は、一つも例がありません。しかも、「立ち」とそれに続く動詞との間に意味的な矛盾・齟齬を生じている例も、まったく見あたりません。

6の歌と同じく「立ちしなふ」を詠み込んだ10の歌でも、「立ち」の語義はそのまま保持されています。同歌の「立ち神さぶる」の「立ち」も、本来の語義は明瞭です。6の歌の「立ち」についてだけ、本来の語義が希薄化して接頭辞的なものになっている、と見ることには無理があります。

「しなやかに立つ」という辞書の解説を採用する解説書が少数なのは、その現代語の表現に不自然さを感じた結果だと思われます。「しなやかに」と「立つ」とが重ねられていることに、ひとたび違和感や疑問をいだけば、「立ち」の語義を無視して現代語訳するしかないわけです。

この点について思い起こされるのは、第七章で実例をいくつか見た、二種あるいは三種の動詞が重なった表現のありかたです。これまで何度も述べたように、上代語では、重なった複数の動詞の意味的な関係がたがいに緩くて弱く、現代語のそれよりも各動詞の独立性が強かっただろう、と推定されます。

反対の意味を表す動詞を組み合わせることが可能だったことは、重なった動詞の意味関係が緩かったことを示す一つの現象だ、というようなことをさきに述べました。反義の動詞が重なったものとして引用した例を、念のためにここでも引用すると、たとえば「川副柳《かはそひやなぎ》、水行《ゆ》けば儺弭企《なびき》於己陀智《おきたち》……」〔紀八三〕がそうした典型的な組み合わせです。この表現は、「川沿いに生えている柳は、水が（増して流れて）行けば、（水平に）なびき、また（垂直に）起き上がり……」の意であり、「横になって揺れ動く」の意を表す「なびく」と、「すくっと立ち上がる」の意を表す「起き立つ」とが、直接に重なっています。また、「天雲《あまくも》の去還奈牟《ゆきかへりなむ》もの故に……」〔十九・四二四二〕は、「（旅とは）空の雲が（流れて）行き、また（ここに）帰るようなものなのに……」の意であり、「行く」と「帰る」もたがいに反義を表す動詞です。「（悲しみの余りに、地に）伏し、（天を）仰ぎ、胸を打って嘆き……」の意の「伏仰《ふしあふぎ》胸打ち嘆き……」〔五・九〇四〕でも、「伏す」と「仰ぐ」とは反義の動詞です。類例はまだほかにもあります。

6の歌の「立ちしなふ」もまた、人間の所作を描写する動詞として、反義あるいはそれに近い意味を表す「立つ」と「しなふ」とを重ねたものだ、と理解することが可能です。「立ちしなふ」が「すくっと立ち、またしなやかに動く」というような緩い意味関係にあったと理解すれば、

「立ち」と「しなふ」との組み合わせに矛盾・齟齬は生じません。「立った時の様子も、必要に応じて体をしなやかに曲げた時の様子もすばらしい」と言って、身のこなしが魅力的なのを称賛したのが、「立ちしなふ」だと考えられるのです。

命令形と已然形の違い

次に検討するのは、第四章で説明した、甲類・乙類の二種の書き分けにかかわる例です。二種の書き分けが明らかになったことによって、それまで行われていた歌の解釈を改める必要が生じたのです。それは、上代特殊仮名遣いのみごとな適用例として、研究者の間でも広く知られているものです。

しかし、過去の適用例をあえてここで取り上げるのには、それなりの理由があります。その歌には通説を改めるべき点がまだ残っている、と判断されるからです。

上代特殊仮名遣いの適用によって解釈が改められたのは、『日本書紀』に見える次の歌謡の第二句です。

11　とこしへに　君も阿閉揶毛《あへやも》　いさな取り　海の浜藻《はまも》の　寄る時時《ときとき》を　〔紀六八〕

（いつまでも、天皇はこうして私にお逢いになってなどいられましょうか、それは無理なことです。です

から、せめて〈いさな取り〉海の浜藻がよく岸に流れ着くように、ここへたびたびお出まし下さい）

天皇の寵愛《ちょうあい》を受けていたある女性が、久しぶりに天皇が自分を訪ねてくれた時に詠んだ歌だ、という説明が歌謡の直前に見えます。歌を聞いた天皇は、彼女に「この歌を人に聞かせてはいけない。皇后がお聞きになったら、きっとひどくお恨みになることだろう（是《こ》の歌、他人《あだしひと》にな聆《き》かせそ。皇后《きさき》、聞きたまはば、必ず大《おほ》きに恨みたまはむ）」と言った、とあります。この女性は皇后の実の妹であり、皇后にとって天皇と自分の妹との関係は大きい悩みごとでした。

歌の第二句は「君も逢へやも」となっており、かつてこの「逢へ」は命令形だと解釈されていました。つまり、歌を詠んだ女性は、第一句と第二句で「いつまでも天皇は私に逢いにおいで下さい」と懇願したというのです。

四段活用動詞の已然形の語尾には乙類のëが現れ、命令形の語尾には甲類のeが現れるということが、甲類・乙類の書き分けによって明らかになりました（→一三九ページ）。たとえば、「鳴く」の已然形「鳴け」はnakëであり、命令形「鳴け」はnakeでした。11の歌の第二句に用いられている「逢ふ」も四段活用の動詞であり、その命令形の「逢へ」には、末尾に甲類のΦeの万葉仮名が用いられていなければなりません。具体的に言うと、Φeに用いる『日本書紀』の仮名には、

幣・弊・蔽・鼙・鞞・陛・覇

の七種があって、この七種のうちのどれかが用いられていなければならないわけです。しかし、「逢へやも」の「へ」に実際に用いられている「閉」は、

倍・陪・俳・沛・杯・背・珮

などと同類の、乙類のΦëを表すのに用いられる仮名です。そこで、命令形だと理解されてきた「逢へ」は末尾に乙類が現れる已然形だ、と考えるべきことになります。

上代の文献を調査してみると、『古事記』『日本書紀』『万葉集』には、ここの「逢へやも」のように、動詞の命令形に「や」あるいは「やも」が付いた例は一つもありません。一方、動詞の已然形に「や」「やも」の付いたものなら、六十四に及ぶ用例があります。甲類・乙類の違いだけでなく、表現のありかたから見ても「逢へやも」は已然形に複合助詞の「やも」が付いたものであることが明らかなのです。

六十四例ある「動詞の已然形＋やも（や）」はすべて、既定の事態に関する明瞭な反語になっています。ですから、「逢へやも」も反語であり、「逢っていようか、逢っているはずはない」というような意味のものになります。結局、第一句と第二句は「（天皇が）ずっと私に逢っているこ

となどない」というような意味のものだと考えざるをえません。

「海の浜藻の……」の解釈

11の歌の前半部は以上のようなものであり、第二句の「逢へやも」は、それまで理解されていたような命令形を用いた表現ではなく、已然形が構成する反語の表現だと解釈しなければならない、ということが明らかになりました。甲類・乙類の二種の書き分けが、歌句の解釈の変更を余儀なくしたわけです。

ところで、解釈が変更された句を承ける、後半部の「海の浜藻の寄る時時を」はどのような意味のものなのでしょうか。再検討が必要であり、ここで通説に検討を加える必要がまだあるというのは、その点についてです。

この「海の浜藻の……」は、「海の浜藻が時たま寄って来るように、天皇はただ時々しか逢ってくれない」というような意味のものだ、と現在でも一般に解釈されています。しかし、それには三点にわたる疑問があります。

第五句の「時時」のように、同じ名詞を反復した上代語の「埼々《さきざき》」「寺々《てらでら》」「国々《くにぐに》」などは、「埼」「寺」「国」が多くあることを意味しています。同じ語を反復することによって、それが多くあることを表す語法であり、この語法は現代語でもよく用いられます。11の歌に詠み込まれた

「時々」と同じく、時間帯を表す「日々《かが》」「夕々《よひよひ》」「朝《あさ》な朝な」なども『万葉集』には見られ、「日」「夕」「朝」が多くあることを表しています。ですから、11の歌の「時時」が、「ただ時々しか……ない」のように、「時」の少ないことを意味するものである可能性はきわめて低い、と考えられます。

ただし、この場合の「時時」は現代語の「時々」とは少し意味が違っていて、「その時その時に」つまり「その機会がある時ごとに」という意味で用いられています。しかし、それでもやはり、「時」が多いことを意味する表現であることに変わりはありません。

『万葉集』の歌を見てみると、「夕浪《ゆふなみ》に玉藻《たまも》は来寄《きよ》る」〔六・一〇六五〕や「朝なぎに来寄る深海《ふかみ》松《る》、夕なぎに来寄る俣《また》海松」〔十三・三三〇二〕のように、どれも藻は朝に夕によく浜に寄って来るものだという前提に立つ表現になっています。『万葉集』の歌だけでなく、11の歌が載っている『日本書紀』の歌謡にも、同じ前提に立つ「沖つ藻は辺《へ》には寄れども……」〔四〕という表現が実際にあります。ですから、ものごとが少ないということを示すために藻を詠み込んだとは、11の歌の「海の浜藻の寄る時時を」に関しても想定しにくいわけです。

また、「動詞の已然形＋やも（や）」という反語で文がひとまず終止し、そのあとに別の文が続く、という場合には、どの例にも共通する特徴があります。「動詞の已然形＋やも（や）」のあとにくるのは、すべてこれから実現される事態に関する表現であり、そのことを義務・意志・願望などのかたちで述べる、それも「……だから」という順接的なニュアンスで述べる、というはっきりした特徴です。一つだけ実例を見ておきます。

12　あぶり干《ほ》す　人も在八方《あれやも》　ぬれ衣《ぎぬ》を　家には遣《や》らな　旅の印に　〔九・一六八八〕

（あぶって干してくれる人など、そばにいようか。だから、濡れた衣を家に送ろう。旅をしているあかしとして）

第二句の「人もあれやも」は、11の歌の「君も逢へやも」に酷似していますし、11の歌と同じく「已然形＋やも」のところで文が終止しています。「濡れ衣を家には遣らな」の「な」は、作者の意志を表す助詞です。濡れた衣をこれから家に送ってやろうというのです。

11の歌の後半部が、現在の一般的な解釈のように「天皇はただ時々しか逢ってくれない」といって現在の状況を描写した表現だとすれば、右のような已然形の用法から見ても唯一の例外になってしまいます。しかも、従来の解釈だと、なかなか天皇に逢えないという苦情を、作者は歌の前半部に続いて後半部でもまた重ねて述べたということになります。そうした、言わばしつこい内容の歌になるような解釈を採用することには、やや抵抗があります。[*4]

このように、歌の後半部を「海の浜藻が時たま寄って来るように、天皇はただ時々しか逢って

＊4　歌のすぐあとにあげた現代語訳では、そのことを考慮して従来の解釈を改めてあります。

くれない」というような意味のものだと考えることには、三点にわたる無理があります。一首の歌の内容を正しく解釈するには、さまざまな文献上の事実を踏まえる必要があるということを教えてくれる例です。

作者の女性は、「(天皇というお立場から) ずっと私に逢っていらっしゃることなど、いつもおできにはなりません。それで、(短時間の御滞在になってもかまいませんから) 海の浜藻がよく岸によって来るように、機会あるごとに私をお訪ねになってほしいのです」というような心情を、歌で天皇に訴えたのでしょう。

写本の訓と国学者の改訓

次に検討するのは、第九章で説明した「見れど……見かねて」「宿借《か》らば……宿貸《か》さむかも」などと同じ言いまわしの例です。『万葉集』に見える次の歌に、その言いまわしが含まれています。[*5]

13　直相者　相不勝《あひかつましじ》　石川に　雲立ち渡れ　見つつ偲《しの》はむ　〔二・二二五〕

(じかに逢おうとすれば、逢うことはできないだろう。石川の地に雲がずっと立ってほしい。それを見ながら夫を偲ぼう)

この歌の直前には、「夫が旅先で死んだと聞いた妻が詠んだ歌である」という意味の題詞《だいし》が置かれています。訃報に接した妻は、「夫が死んだ以上、じかに逢うことはもうできないだろうから、石川の上空に雲が立ったらそれを見ながら夫を偲《しの》ぼう」と思った、ということです。雲を見て人を偲ぶという内容の歌は、ほかにも何首かあります。雲は少しの時間でどんどん形を変えていき、時には人の姿や顔に見えることがあるということでしょうか。

歌の第一句・第二句は、本文が「直相者相不勝」となっています。「相」という漢字が二つ使われており、その「相」は「逢ふ」という動詞を表記するのによく用いられた字です。普段から『万葉集』の本文を見ている研究者なら、ここは「逢ふ」が反復されている表現だろうと、まずは見当がつくはずです。事実、以下に述べるように、「直相者相不勝」は第九章で扱った言いまわしの一例である可能性がきわめて高いのです。

第一句の「直相者」には訓が付けてありません。それには理由があります。『万葉集』の写本には、中古のものから後世のものまで、この句に「直《ただ》に逢《あ》はば」と解釈すべき訓が付けられています。しかし、江戸時代のある国学者が、「直の逢ひは」という別訓を提案しました。「逢うことはできないだろう」という意味の第二句との関係から見て、第一句を「直に逢はば」と訓じるのは正しくないと判断したのでしょう。その後、ある研究者が「直に逢ふは」という別の訓を提唱

＊5　第一・第二句にあたる現代語訳は直訳ですから、やや不自然なところがあります。

しました。それで、結局は三種の訓があることになりました。

現在の研究者の多くは、国学者が提案した「直の逢ひは」を採用しています。しかし、それは、「直に逢はば」「直に逢ふは」の二つの訓が明確な根拠の提示によって否定されたからだ、というわけではありません。写本に見える訓のほかに別の訓が二つ提唱されており、その三種のなかから「直の逢ひは」を選んだというだけのことです。

「逢うことはできないだろう」という意味の第二句との関係からすると、現在の多くの研究者が採用している「直の逢ひは」には、写本に見える「直に逢はば」を否定し排除するだけの優越性があるとは、どうしても考えられません。同じことが、ある研究者の提唱した「直に逢ふは」についても言えます。写本に見える「直に逢はば逢ひかつましじ」は妥当な表現ではないと判断するなら、国学者が提唱した「直の逢ひは逢ひかつましじ」もまた妥当な表現ではないと、現在の研究者はなぜ判断しないのか、大いに疑問です。しかし、その点については、現在までほとんど吟味・検討されないままになっています。

『万葉集』のすべての歌について、個々の表現や訓に細かい説明を加えている解説書を読んでみても、13の「直相者相不勝」の表現がどのようなものかを問題にしているものは、ほとんどありません。まして、同じ動詞を重ねて用いた「見れど……見かねて」「借《か》らば……貸《か》さむかも」などの表現がほかにあることには、どの解説書でも言及されていません。つまり、『万葉集』の一首一首について表現や歌意を詳しく解説した書物ではあっても、その執筆者たちは「直に逢はば」という訓の類例を徹底して調査することまではしていないと思われるのです。執筆者たちは、既存のいくつかの解説書を見たうえで、「直に逢はば」という訓よりも「直の逢ひは」という訓のほうが確かによさそうだという程度の判断で、自分が採用する訓を決めたのだろうと推測されます。

「直に逢はば……」の類例

第一句に続く第二句の、「逢ひかつましじ」という表現について見てみます。「……かつ」は可能を表す語であり、「……ましじ」は「……まじ」の古形で、「……ないだろう」という打ち消しを表します。ですから、それらが重なった「……かつましじ」は、「……かねて」や「……得ず」に近い、不可能を意味する表現です。また、

14　大坂に　継《つ》ぎ登れる　石群《いしむら》を　手越《たご》しに越さば　越しかてむかも　〔紀一九〕

（大坂山の麓から上のほうに登り連なっている多くの石を、次々に手渡ししたら渡しきれるだろうよ）

という歌に見える「越しかてむかも」の「……かて」は、「……できて」という可能の意味を表す語です。しかし、これも、「寝《い》ねかてずけむ（寝られなかっただろうか）」〔四・四九七〕のように打

ち消しの語を伴って、結果的に「……できない」という不可能の意味を表すのに使われます。14の歌に「手越《たご》しに越《こ》さば越しかてむかも」とあり、さきに見た例に「宿借《か》らば……宿貸《か》さむかも」とありました。14の歌の場合は、「越さば」という仮定表現を「越しかてむかも」という仮定・疑問の表現が承《う》けています。また、さきに見た例の場合は、「借らば」という仮定表現を「貸さむかも」という疑問・推量の表現が承けています。どちらも仮定表現を用いた言いまわしです。

このように見てみると、問題の「直相者相不勝」の場合も、「直に逢はば」という仮定表現を「逢ひかつましじ」という打ち消し・推量の表現が承けていて何の問題もない、と考えられます。第一の「逢ふ」は「逢おうとする」という意図を表すものであり、第二の「逢ふ」は「実際に逢う」という行為を表すものだということになるからです。「じかに逢おうとしたら逢うことができないだろう」つまり、「じかに逢おうとしても逢えないだろう」ということで、仮定表現になっています。

中古の写本にもそれ以降の別の写本にも「直に逢はば」と解釈すべき訓が付けられているということは、実はとても重要なことです。少なくとも中古では、「直に逢はば」は特に無理な言いまわしではなく、またその表現が「逢ひかつましじ」に続くのも不自然なことではなかった、ということを示しているからです。さらに、それより前の上代ではそのような続きかたはありえないものだったと考えるべき語法上の難点も、まったく見あたりません。そのことを考慮しない国学者の、単なる思いつきにもとづく改訓が、あとになって混乱を招いてしまったわけです。しかも、その混乱は現代の解説書にも持ち込まれているのです。

特定の文脈にどのような表現がふさわしいかは、研究者の個人的な語感に頼るのではなく、文献の徹底した調査を踏まえて判断しなければなりません。

あとがき

日本の古典を対象とする研究は、一般に文学的なそれと語学的なそれとに大きく分かれます。前者の分野では扱うことがらが広範囲に及び、それだけに研究者の数も多いと言えます。これに対して、後者の分野では扱うことがらが細部に及ばざるをえず、それを嫌ってか研究者の数は多くない、というのが実情です。

古代語の歴史や古代の文献を事実上の研究対象としている私の場合、後者の語学的な問題について徹底的に文献を調査し、得られた結果に整理・分析を加える、ということが日々の仕事になっています。そして、私が実際に最も身近な研究対象としているのは、本書の各章でも引用することがきわめて多かった、大和ことばの分量やその多様性でほかの文献を圧倒する『万葉集』です。一つの語学的な現象について調査するたびに、『万葉集』に収められているすべての歌に目を通しますから、結局これまでに何度『万葉集』を読んだか知れません。

『万葉集』は日本の古典のなかでも特に分量の多い文献であり、一首ずつ、一句ずつ、細かく目を通しているうちに何らかの現象に新たに気がつく、といったことがよくあります。そうした時には、なぜ今までこのことに気づかなかったのかと悔しい思いをするのですが、その一方で、特定の現象に新たに気づいたことによって上代語に対する自分の視野が少しだけ広くなった、という気がして嬉しくもなります。

大学院での授業内容をまとめた本書の記述では、ほかの多数の研究者たちが明らかにした語学的な事実については言うまでもなく、私が『万葉集』を中心とする文献を見ているうちに気づいたいくつかの語学的な現象についても、具体的に例をあげて説明してあります。中古以降の表現に比べてずっと素朴だと言われる上代語の表現ですが、それは一方的な感想であり、上代語はそれ独特の特徴を多くもつものだったということを、本書の説明によって確認できたのではないか、と思います。

ただし、過去の研究者たちが明らかにした事実にせよ、私が新たに気づいた現象にせよ、本書がそれらの内容を、理解しやすいかたちで提供しえているかどうかということが、ひとまず校正を終えた段階で気になっていることです。

また、本書の記述のなかで見にくく読みにくいだろうと思われるのは、音韻に関する説明のなかで用いたアルファベットの表記です。本書のような縦書きの形式と、横書きが普通のアルファベットの表記とは相性が悪く、横に倒したアルファベットを記述のなかに持ち込むと、どこか落ち着かない感じがするのです。いろいろ考えたうえで、アルファベットの部分の表記は、原則として日本語学の分野の慣用に従うことにしました。

前著の『蛇神をめぐる伝承　古代人の心を読む』に続き、本書の編集も青土社の菱沼達也氏のお世話になりました。前著の時もそうだったのですが、菱沼氏のご意見に従って新たに書き加えた項・章もありますし、菱沼氏がゲラの随所に添えて下さった私へのメモによって、記述をより適切なものにすることができた箇所も、少なからずあります。語学的な細かい記述・内容に終始おつきあいくださり、多くの助言をも与えてくださった菱沼氏に、あつく御礼を申し上げます。

二〇二一年二月末日

参照文献（閲覧・検索の容易な単行本のみ）

本書を執筆するにあたっては、以下にあげる書籍のほかに、国語辞典・古語辞典・漢和辞典・英語語源辞典の類や、何種かの古典叢書及び注釈書を参照しました。本書に引用した『古事記』『日本書紀』『風土記』の本文・訓読文は日本古典文学大系のものであり、『万葉集』のそれは新編日本古典文学全集のものです。ただし、本書への引用にあたっては、読みやすさや理解しやすさを考慮して表記の形式を改めたところが少なくありません。

序章

藤堂明保『漢語と日本語』（一九六九年、秀英出版）

西條勉『古事記の文字法』（一九九八年、笠間書院）

佐佐木隆『万葉歌を解読する』（ＮＨＫブックス 1014、二〇〇四年、日本放送出版協会）

林史典ほか『文字・書記』（朝倉日本語講座2、二〇〇五年、朝倉書店）

大西克也ほか『アジアと漢字文化』（二〇〇九年、日本放送出版協会）

長田夏樹『新稿 邪馬台国の言語』（二〇一〇年、学生社）

矢島泉『古事記の文字世界』(平凡社ライブラリー729、二〇一一年、吉川弘文館)

第一章
佐伯梅友『上代国語法研究』(一九六六年、大東文化大学東洋研究所)
大野晋『日本語をさかのぼる』(一九七四年、岩波書店)
大野晋『日本語の成立』(日本語の世界1、一九八〇年、中央公論社)
佐佐木隆『日本の神話・伝説を読む』(岩波新書、二〇〇七年、岩波書店)
井手至『遊文録 萬葉篇二』(二〇〇九年、和泉書院)

第二章・第三章
大野晋『日本語の年輪』(新潮文庫、一九六六年、新潮社)
大野晋『日本語の水脈 日本語の年輪第二部』(新潮文庫、二〇〇二年、新潮社)
阪倉篤義『増補日本語の語源』(二〇一一年、平凡社)

第四章
馬淵和夫『上代のことば』(一九七〇年、至文堂)
築島裕『仮名』(日本語の世界5、一九八一年、中央公論社)

森博達『古代の音韻と日本書紀の成立』（一九九一年、大修館書店）
沖森卓也『日本語の誕生』（歴史文化ライブラリー151、二〇〇三年、吉川弘文館）
犬飼隆『木簡による日本語書記史』（二〇〇五年、笠間書院）

第五章

有坂秀世『國語音韻史の研究 増補新版』（一九五七年、三省堂）
馬淵和夫『国語音韻論』（一九七一年、笠間書院）
中田祝夫ほか『音韻史・文字史』（講座国語史2、一九七二年、大修館書店）
蔵中進『上代日本語音韻の一研究――未確認音韻への視点』（一九七五年、神戸学術出版）
橋本萬太郎ほか『音韻』（岩波講座日本語5、一九七七年、岩波書店）
小松英雄『日本語の音韻』（日本語の世界7、一九八一年、中央公論社）
松本克己『古代日本語母音論』（一九九五年、ひつじ書房）
上野善道ほか『音声・音韻』（朝倉日本語講座3、二〇〇三年、朝倉書店）

第六章

西宮一民『上代の和歌と言語』（一九九一年、和泉書院）
佐佐木隆『上代日本語構文史論考』（二〇一六年、おうふう）

第七章
坂倉篤義『日本語表現の流れ』(岩波セミナーブックス45、一九九三年、岩波書店)
大野晋『係り結びの研究』(一九九三年、岩波書店)
北原保雄ほか『文法』I(朝倉日本語講座5、二〇〇三年、朝倉書店)
金水敏ほか『文法史』(シリーズ日本語史3、二〇一一年、岩波書店)
野村剛史『話し言葉の日本史』(歴史文化ライブラリー311、二〇一一年、吉川弘文館)

第八章
馬淵和夫『上代のことば』(一九七〇年、至文堂)
関一雄『国語複合動詞の研究』(一九七七年、笠間書院)
影山太郎『文法と語構成』(一九九三年、ひつじ書房)
青木博史『語形成から見た日本語文法史』(二〇一〇年、ひつじ書房)

第九章
佐佐木隆『上代語の表記と構文』(一九九六年、ひつじ書房)

終章

橋本進吉『上代語の研究』(橋本進吉著作集第五冊、一九五一年、岩波書店)
馬淵和夫『上代のことば』(一九七〇年、至文堂)
佐佐木隆『上代日本語構文史論考』(二〇一六年、おうふう)

その他(本書の多くの章にかかわるもの)
山田孝雄『奈良朝文法史』(一九一三年、宝文館出版)
山田孝雄『平安朝文法史』(一九一三年、宝文館出版)
佐伯梅友『奈良時代の国語』(一九五〇年、三省堂)
中本正智『日本語の原景』(一九八一年、金鶏社)
白藤礼幸『奈良時代の国語』(国語学叢書2、一九八七年、東京堂出版)
大野晋『仮名遣と上代語』(一九八二年、岩波書店)
大野晋『文法と語彙』(一九八七年、岩波書店)
佐佐木隆『上代の韻文と散文』(二〇〇九年、おうふう)
木田章義ほか『国語史を学ぶ人のために』(二〇一三年、世界思想社)
小松英雄『日本語を動的にとらえる』(二〇一四年、笠間書院)

著者　佐佐木隆（ささき・たかし）

1950年生まれ。学習院大学教授。学習院大学大学院人文科学研究科博士課程単位取得。東洋大学専任講師、同大学助教授、学習院大学助教授を経て、現職。著書に『万葉歌を解読する』（ＮＨＫブックス、2004）、『日本の神話・伝説を読む』（岩波新書、2007）、『上代の韻文と散文』（おうふう、2009）、『言霊とは何か』（中公新書、2013）、『上代日本語構文史論考』（おうふう、2016）、『蛇神をめぐる伝承』（青土社、2020）など。

万葉集の歌とことば
姿を知りうる最古の日本語を読む

2021年 3 月 25 日　第 1 刷印刷
2021年 4 月 10 日　第 1 刷発行

著者――佐佐木隆

発行人――清水一人
発行所――青土社

〒101-0051　東京都千代田区神田神保町 1-29　市瀬ビル
［電話］03-3291-9831（編集）　03-3294-7829（営業）
［振替］00190-7-192955

印刷・製本――シナノ印刷

装幀――菊地信義

ISBN978-4-7917-7366-4　C0095